桂妃
cafe
大仁
藥

街路貓生與眾生相

果子離（作家）

聽說王幼華寫了一本好看的小說，是「讓人不時會心微笑」的那種好看。乍聞此說，幾分懷疑，幾分好奇。印象中，王幼華的作品，不論小說或論述，向來以思考深刻、意念繁複著稱，加上實驗性強，形構成閱讀門檻，正襟危坐、皺眉苦讀尚且不及，怎麼可能發出會心微笑？

及至翻閱書稿，心眼為之一亮，這一讀欲罷不能，時而莞爾，時而長嘆，真是愉快的閱讀經驗。自此確信，王幼華果真寫了一部妙趣橫生兼且意味深長的小說。

讀過夏目漱石《我是貓》的讀者，不免把兩本小說拿來對比，相信出版社也會以「台灣版的《我是貓》」作為《憂鬱的貓太郎》文宣主軸，不過個人觀感，兩者不太相同。同樣以動物擬人化手法寫作，同樣從貓眼看世界，同樣借貓之口嘲諷人界，批評時事，但如果預設《我是貓》為貓小說，讀起來會覺得卡卡的。夏目漱石的貓太過博學多識，上知天文，下知地理，文學、歷史、哲學、物理，無不精通，牠不但擔任敘述者角色，旁觀主人與往來賓客的互動，記錄彼此對話，並且引經據典，侃侃獨白，以嘲諷人類的愚蠢。

偷看主人讀書，偷聽主客對話，運用讀心術，無論如何也不可能這麼博學多聞啊，聽這隻貓講話，就像人與貓表演雙簧，作者在貓背後講話，又如柯南躲在毛利小五郎身後敘述破案經過。整部小說貓不夠貓，總覺得人性偏多，貓感不足。

相對的，《憂鬱的貓太郎》卻是不折不扣的貓小說。王幼華筆下這群貓，個個形象鮮活，性格分明。他描述貓的心理與生理，寫貓的性與愛，生活習性，生老病死，煩惱與執著，以及生而為貓的驕傲，王幼華寫活了每一隻貓。養過貓的人，讀之莞爾一笑，沒養過貓的人，發出「原來貓這樣啊」的慨嘆。

以動物為敘述者的小說，動物眼中的人類通常可笑愚蠢，王幼華筆下的貓自不例外，牠們有自信，以貓為榮，不解自稱理性動物、萬物之靈的人類，卻凡事求神問卜。貓兒慨嘆，人的腦袋有缺陷，不如貓的完整，「他們相信的東西，貓都不相信」，多麼自負。這些貓們常常相聚閒聊，聊貓間瑣聞，也談人類蠢事。嘰嘰喳喳，或天真論事，或嘲諷以對，或暗喻或明說，時有警語，屢現機鋒。

在看似簡單的形式中，王幼華做了兩個設定，讓《憂鬱的貓太郎》一書立於不敗之地。兩個設定分別是街與貓的設定——貓以家貓為主，但一隻隻不時從家裡遛達出來，東家長西家短，天南地北聊天，故事場景遂從家屋移動到街頭，視野拉開，大開大闔。

且說街的設定。小說以兩百多公尺長的街道為場域，區區一街，說小不小，三十幾隻貓，十幾條狗，精華地段三、四十家店面，一店一戶人家，各有個性命運，市井小民，眾家百態，便足以串連起一部小說。更何況小說家不會單純敘述萬家燈火下的人家，奈波爾筆下的米格爾大街便成為殖民社會的象徵和縮影，宮本輝寫夢見街，吳明益寫台北市中華路的中華商場，都各有懷抱。王幼華的福康街其實是台灣社會的縮影。

再說貓的設定。從家宅到街頭，這些貓出出入入，爬上爬下。若論扮演街道觀察家與敘述者的角色，貓比同為毛小孩的狗更適合，樓房、街巷、屋頂、水塔，「只要能落腳，可以抓住什麼的，都可以進入，貓可以抵達的地方，人類無法想像。」「對貓來說，很少房間是進不去的」。

作家愛貓者多矣，若將筆下貓文編輯成「貓誌文學大系」，工程之大，難以想像。貓奴同溫層之厚固然不可思議，但也有負面待貓者，知名如魯迅，寫過一篇很有意思也引起若干非議的文章。〈狗・貓・鼠〉一文說道，他曾撰文表示厭惡貓類。此文即短篇小說〈兔與貓〉，此篇講弱肉強食，以弱肉的兔與強食的貓來對比，對於作為加害者的貓，自是負評。文章一出，惹怒愛貓族。但魯迅分析仇貓的原因，倒也不是沒道理的，且看這段：「牠的性情就和別的猛獸不同，凡捕食雀鼠，總不肯一口咬死，定要儘情玩弄，放走，又捉住，捉住，又放走，直待自己玩厭了，這纔吃下去，頗與人們的幸災樂禍，慢慢的折磨弱者的壞脾氣相同。」

貓兒和人類共有的惡行劣跡，由此可見。不過，這些指控，王幼華與他的貓群恐怕是不會贊同的，37則〈殺〉寫道：「被召喚起狩獵和防禦的本能，曾經有的教養便消失了，貓也是這樣。」小說用了「也是」二字，沒講和什麼生物也是，但推想可知，人類也文明不到哪去。之後又來一小段，82則〈真正的貓〉說：「吃過老鼠或鳥的貓，是可怕的，街上其他的貓不太願意接近牠們。有貓說，就像犯過罪、坐過牢的人一樣。」

《憂鬱的貓太郎》對貓性的描述，散見於每則或長或短的篇章，王幼華知貓愛貓，讀他的貓誌樂趣無窮，而在輕鬆的文筆底下，可看出他對社會議題的關注不減，只是轉換風格，透過平易近人的手法來表現。我十分樂見這樣的突破。

在不同街角遇見太郎

張典婉（作家）

初讀《憂鬱的貓太郎》，驚異與王幼華昔日小說作品《兩鎮演談》、《惡徒》、《東魚國夢華錄》等的風格如此截然不同。《憂鬱的貓太郎》採擬人化手法，在一一三則寓言般的情節段落中，年老而有些病痛的恆昌雜貨店店貓太郎，日日在福康街上晃盪遊走，牠從文青、憤青，一路走成一隻憂鬱的老貓。小說透過太郎的眼睛，輻射勾勒出福康街的貓國度，以及人類世界。

在八〇年代，王幼華被視為都市文學作家，林燿德亦曾評介是當代重要文學寫作者。出生於苗栗頭份的他，大學時赴台北就讀，畢業後曾進入出版社工作，多年的城市經驗，成為他此後作品中引領讀者穿梭都會街頭，探索幽黯角落與邊陲人物，以及批判反諷複雜人性的內容。那也許取材自社會新聞，也許來自曾經匆匆錯身的路人甲乙，皆帶給讀者既熟悉卻又陌生的城市空間感。

後來，王幼華告別都會，返回出生地安居。他先後擔任高中教師、大學文學系所教授，其間安靜沉穩地為苗栗編寫了一本又一本地方文學史，研究在地傳統詩社及文人往來交誼，也投注心血在文化活動，且持續創作不歇。

直到推出了《憂鬱的貓太郎》。當我們閱讀到小說中對小鎮日常的描繪，對人情世故、生老病死的探觸，會以為寫作者是否隨著年齡增長，逐漸過起歲月靜好的平實生活？

王幼華透過一生沒有離開過福康街的太郎的視角，偵察台灣鄉鎮的街頭風景。我們因此認識了吉利機車行、鴻亞西服社、鑫亮五金行、大仁西藥房、福旺金紙店、金寶佛具店……，大大小小店家，如此熟悉又陌生，宛如我們在某次島內旅行時，不小心搭錯車、下錯站，曾經漫走過的地方鄉鎮。

然和太郎的形象背景有些反差的作者，實則在這部作品中，以另一種表現方式，延續了他常有的諷諭批判精神，曾經出現在過往小說中的議員、里長、大老闆、小人物，光怪陸離的社會事件，依然埋藏在貓言貓語中。

太郎宛如是另一名街頭遊俠，這隻恆昌雜貨店的第六代店貓，對福康街的歷史背景知之甚詳，可以暢述街上建築的風格特色，更能細數福康街上的貓們。例如愛碎嘴八卦的編織貓、看似高尚的賓士貓、熱衷鍛練的健身貓、十月出生並因此得名的文青豔豔……

太郎與牠的同類們，不僅有各自的身世故事，還會群聚糾眾、相互搶地盤。而從牠們眼睛看出去的，除了對狗群的嘲弄，還包括地方樁腳的喬事標工程，風情女老闆介入他人家庭，神祕上師對眾多信徒的「教誨」，乃至於外配、健身、手搖飲料等議題潮流。一則則對話與段落，都是台灣城鄉小鎮的日常，也都藏著時代的印記，讓人不時回想起作者昔日作品對現實政治社會的觀察與思索。

這些年來，台灣經過經濟起飛，台商西進，政黨輪替，跌跌撞撞告別了上個世紀，接著迎來了島嶼上無人能躲過的國際化、全球化。在巨大影響下，移工、外配在世界各城市間流動，而台灣許多地方鄉鎮在城鄉差距、產業空洞化之下，顯露出荒疏面貌。

看似無事，遊走街頭巷弄的太郎，是時代遞變最好的觀察者，一如近三十年來蟄居苗栗的王幼華，他安靜讀書筆耕，觀察世態炎涼，不若許多前輩作家步入宗教懷抱，或感嘆歲月不再，反而是以另一種身影再現江湖。王幼華以《憂鬱的貓太郎》挑戰自己過去的寫作風格，在這部詼諧的貓語錄中，他換上貓面具，削減了早年的鋒利質疑，但卻未忘初衷，依舊佇立在小鎮老街上，敏銳記錄下一切荒謬與荒蕪。

書中太郎自述：「這些稱號中，我最不滿意的是『福康招財貓』。那隻肥敦敦的招財貓，披金戴銀，滿臉假笑，舉起一隻手向人招徠，俗氣，虛假，又裝可愛，我有那麼不堪嗎？」或可視為寫作者的自省自惕？

夏目漱石的經典作《我是貓》，以貓族之眼，描繪當時的社會百態，開啟了日本的貓文學脈絡。時空轉換，王幼華以《憂鬱的貓太郎》寫下了獨特的台灣版。喜歡貓的讀者們看完《憂鬱的貓太郎》後，也許亦有興趣比較世界各國作家如何與貓同行。

而如果下次旅行時，不小心迷路或下錯車站，來到了福康街，環視周邊似曾相識的街屋地景，也記得留意是否與憂鬱的貓太郎錯身而過。

自序

來自窗口的凝視

書桌前的窗戶可以看到對面五樓的公寓，窗前的院子我種了紫藤和龍吐珠。紫藤長得特別繁密，花朵盛開時，許多蜜蜂和灰蛾、白頭翁都會來啄食，生機盎然。

多年來我在書桌前讀書、寫作，在這些花草之間，老是覺得被什麼注視著，原先以為是一直想進到室內的白頭翁，那些精壯的鳥用著尖銳的嘴，不時敲著窗子，眼珠骨碌碌地注視著我。揮走了牠們，還是感覺被什麼注視著。終於有一天，不經意地抬頭，三樓一戶人家的窗戶裡，坐著一隻貓，原來是牠，被我發現後，就故意轉開頭，一副很淡漠的樣子。

是隻黑白相間的貓，眼珠黃澄澄的，身體肥肥的，應該是長久被關在樓上，缺乏運動，日子很無聊的貓吧？此後牠看我，我看牠，成為一種日常。後來三樓的人家發生了變故，那隻貓便跑出來了，經常在巷弄遊盪，引來不少附近的貓。那些貓大大小小、五顏六色，牠們也不時跳進我家，巡走一番，帶來一陣騷動。若是其中有母貓發情時，巷弄便開始充滿古怪的嚎叫聲，追逐聲，打鬥聲，到深夜時仍不停止，這一帶便顯得淒厲詭異。

變成街貓的牠，不再那麼意態悠閒，身體瘦瘦弱弱的，神情緊張，動作倉皇。有時會站在公寓門口，等有人開門時便急速溜進去，回到已無人住的住家後，牠會重新坐在窗口，由上而下的凝視著我。這兩、三年因為持續寫著一部長篇小說《福爾摩沙疲憊》，心情經常高低起伏，在愛憎的情緒間糾葛，時時難以安頓。忽然一日，不知何故突然寫起患有憂鬱症老貓的故事來了。迄今不能明白，這樣的衝動是被召喚了，還是一種心靈的反撥。

我寫的那些貓，背景是在台灣某座小鎮較熱鬧的街道上，牠們大多不是寵物，習慣穿街走巷，熟悉街上的各家各戶，認識這個人、那個人，人們也叫得出貓的名字，知道這隻是誰家，那隻又是誰家的。那些貓來來去去冷眼的看著街上人們的恩恩怨怨，是是非非，貓群之間也上演著自己的故事。

憂鬱老貓的故事，隨興而散漫的寫來，進度出乎意料地順利，每每在完成一段後，便有意無意地朝向三樓，喃喃的唸給凝視著我的貓聽，牠的表情有時淡然冷漠，有時專注凝神，有時打著呵欠，激動時還會踱著腳，十分感慨的樣子。這貓聽完後會用眼角餘光瞄瞄我，並不提供什麼明確的意見。

感謝編輯昀臻對本文的諸多指教與討論，使本文更加地完善。

憂鬱的貓太郎

貓可以抵達的地方，人類無法想像。

01

普普的貓

人們不預期的在街上看到貓，常會忍不住大叫。

「貓耶！有貓耶！」

「真的，好可愛！」

「牠的毛色很漂亮哩。」

那一定不是叫我，我不胖也不萌，毛色常見，就是一隻普通的貓，那種可能被喚做虎斑或狸花的貓。

不過，貓不知道什麼叫可愛，人類才知道，也才會把我們弄成他們要的那種可愛。

02

髒髒的貓

我常常懶得梳理自己的毛髮，蓬蓬亂亂，偶爾還會掉毛，看起來邋遢，所以有些人不太敢接近。應該是血清素不足的緣故，腦袋不時陷入停滯狀態，或者無端由的憂鬱和惱怒，老是找別人和自己的麻煩。

弟弟編織貓說：父親是自殺死的。會自殺，是因為一時脆弱，一般的貓再怎樣都會想賴著活下去。

03

恆昌雜貨店的貓

福康街以前叫「龍來坑」，後來才改名。福康街全長兩百多公尺，最精華的地方大約有一百多公尺，道路兩旁各有三、四十家店面。
我的家就在街道精華地區的恆昌雜貨店，雜貨店門口貼著一副對聯：「有德有能居此店，無是無非善人家」。這是間老店，第二代老闆阿丁伯也六十多歲了。阿丁伯每天坐在藤椅上，半睡半醒的看電視。他糖尿病很多年了，皮膚紅紅白白，身體浮腫，精神不太好。
差不多十五坪的店面，賣些菸酒、免洗餐具、塑膠袋、鞭炮、掃把等等，有陣子還賣檳榔。客人來，通常是來自印尼的阿星嫂在招呼。阿丁伯幾個孩子散居各處，偶爾會回來看看老人。
說我是恆昌雜貨店的貓不太正確，我應該是這條街的貓才對，因為整條街都是我的地盤。早些時候人們養貓就是為了抓老鼠，不會為難貓，不摟不抱，任憑來來去去，很自由。
聽說我已是第六代了，跟前面幾代一樣，都是鐵灰色夾雜白線條的家貓。家裡的人曾經拿出照片指著我說：「恆昌雜貨店只養這樣的公貓，名字都叫『たろう』（太郎）。」彷彿同一隻貓從未離開過這間店似的。

04 太子經過坐一坐

「福康」、「龍來」這兩個名字都和清代乾隆年間的福康安有關係。福康安傳說是乾隆的私生子，雖然不是嫡傳也算是龍子了。他帶兵來台灣平定林爽文之亂的時候，路過這個地方，大軍曾經稍作休息，現在還留下兩塊當時坐過的黃褐色石頭。

石頭上端是切平的，用黃褐色的漆漆得平平整整，很適合小坐。因為顏里長和地方幾位有文化的人一直爭取，鎮公所徵收街上十坪左右的地，蓋了一座鋪著黃瓦的亭子，種兩棵樟樹，立一塊寫著「太子椅」三個字的不鏽鋼告示牌。再鋪上綠草，這裡勉強算是一個小小公園，有人乾脆取名「太子公園」。

福康安的石頭座椅，是招徠觀光客的景點，所以不是貓、狗可以隨便坐上去的，更不能抬腿灑尿，蹲下拉屎的。剛開始，很多貓、狗不知道規矩這麼嚴格，好奇聞聞嗅嗅，剛想有進一步動作，就被大喊甚至追打、丟東西，只好狼狽逃竄，逼得排泄器官突然緊縮，十分狼狽。原來附近有人監視，幾支攝影鏡頭對著這裡，一有動靜就會被發現，實在很可怕。

唯一不肯即時逃走的是老緬。牠慢吞吞看著驅趕的人，慢吞吞離開。就算被踹了，翻滾了，也還是慢吞吞爬起來。

老緬小便特別慢，姿勢擺很久才慢慢尿出來，尿一下停一下，後段都是用滴的，滴好一陣子，完事，身體還會顫一顫。

我們終究還是會去那塊石頭上坐一坐，躺一躺，快速的來去。貓必須領導人類的行動，不能因為他們的阻止就不去做這樣的事。

05

世代相傳的貓

恆昌雜貨店頂樓加蓋的神明廳，廳堂中間掛著一幅手拿淨瓶、楊柳枝的觀世音菩薩像。圖像前面有兩盞蓮花燈，再下來是裝著歷代祖先神主牌的玻璃櫃，一個香爐，三隻白瓷杯子，然後是方形的供桌。

兩旁的牆上排列著幾代祖先的照片，第一排最前面是穿著清代官服的男女祖先，官服、孺人服是固定的，臉孔則是照活著時候的樣子畫的。接著幾張黑白相片，是照相館拍的，就比較真實了。

可以看得出來這家人長得很像，髮線甚低，眼睛瞇瞇的，下巴削瘦，有點暴牙。一不小心會以為阿丁伯是從相片裡面走出來的，晚上再回到相片裡去。

也因為太像了，其他掛在上面的女人的照片，好像都跟她們生下的男人沒有關係。

這家人只有阿丁嬸會抱抱我，摸摸我，跟我說說話。請來幫忙的阿星嫂很冷淡，她過得不好，先生有時候來，講沒兩句就大小聲，甚至還會出手打人。她還能溫柔的跟客人說說笑笑，真是不簡單。

阿丁嬸的照片掛在牆上也兩、三年了，感覺偶爾還聽到她「喵喵——咪咪——」的叫喚聲，那慈祥的聲音在屋內響起，在樑柱和屋頂上繚繞。

06 寵物點點名

福康街總共有三十幾隻貓，黑貓、白貓、三花貓、孟加拉貓、摺耳貓、暹邏貓、波斯貓、緬因貓、橘貓、虎斑貓、俄羅斯藍貓等等；十幾條狗，台灣犬、巴哥、拉不拉多、臘腸、博美、柴犬、哈士奇、吉娃娃等等。大部分結紮了，並且植了晶片——街上桂妃美容院的二樓，有間寵物商品店，有位動物醫生不定時會來一下。

整條街上的嬰兒和小孩只有六、七個。街底蕭府王爺宮的乩童曾在恆昌雜貨店裡說，這世代該投胎的人都變成貓、狗來降世。

生小孩太麻煩了，要養要教，勞心勞力，而且發展好一點的孩子，通常不太會管年老的父母，沒什麼成就的才留在身邊，靠老人生活。但是人天生喜歡小孩，想要養、想要抱、想要親，跟他說一些鬼話，這些衝動，貓、狗可以代替，而且萬一發生什麼意外，只是難過一陣子，不必負責。孩子生下來，就要沒日沒夜照顧，牽牽絆絆，花錢又兇，要擔心的事確實太多了。

07

整條街處處有食物

這是個美好的時代，有時早上我會先到文星麵包店，葉師傅會給我一小塊起司，真正的起司，法國的，西班牙的，德國的，或者他自己做的。葉師傅知道我不吃反式脂肪的，摻一點假的油也不行。他試過很多次，一點也不行。他知道我的品味以及搞怪的味蕾。

然後去萬利自助餐，總有一塊魚或者香腸。大仁西藥房有時會給我高級的貓餅乾，品質很不錯，但那只是點心，淺嚐就好。接著是仙鄉水果行，老闆娘有一個專門角落，放一些過熟的水果。我喜歡熟透的香蕉，爛香爛香的，那才是真正的好香蕉，味道豐富，層次多。不熟到這個程度，澀澀的能吃嗎？

其他店家，偶爾也會有些好吃的東西。路過的遊客也常給我們食物，不過他們以為貓什麼都吃，花生、仙貝、薯條、豆腐乾……，以為只要給，我們都不會拒絕。傻！

08 宿主建造的房子

做為人類的寄生者，我們對宿主建造的環境，還是很關心的。

35號恆昌雜貨店是日本時代快結束的時候蓋的，街上差不多年紀的還有49號順安中藥行、45號筆鋒文具行、57號義錦米店飼料行、38號福旺金紙行，這幾間屋子斜斜的屋頂用的是台式紅瓦，瓦片很舊很脆了，貓在上面踏，都會裂開。屋子主體是磚造的，樑柱、門窗、隔間、地板是木頭的，用的是檜木、杉木、肖楠。其中兩層樓的只有恆昌雜貨店、順安中藥行和義錦米店飼料行，其他都只是磚瓦平房。

最氣派的是那座廢棄的大宅，上頭有很多巴洛克式的裝飾，牆面用洗石子的，黑瓦屋頂，還有很多福祿壽、花鳥魚蟲的圖案，無比華麗。

大部分舊房子後來拆掉改建。早一點蓋的就是兩層、三層，晚一點的四層、五層。像40號福康便利商店、46號飛翔手機行，就是五層樓，可惜沒有電梯，所以飛翔手機行的四、五樓空了很久，沒有人要租。兩、三層樓的占最多，像24號鑫亮五金行、26號億速達通訊行、32號濱江花店、36號大仁西藥房、23號吉利機車行、39號燦燦美髮、51號鴻亞西服社等等。還有就是舊房子再加搭鐵皮屋的，像25號逗陣來早餐店、27號仙鄉水果行、48號一坪地雞排，以及蕭王爺宮旁邊，沒有門號的珍珠小吃店。

蕭王爺宮是最老、最大、最漂亮的房子，每隔二、三十年就會重修一次，現在的王爺宮全部都是鋼筋水泥的，牆面和樑柱上畫了二十四孝、《三國演義》、《封神榜》的故事，屋頂是黃瓦，上面有神仙，也有龍鳳，又鮮豔又熱鬧，是沒有哪家可比的真正豪宅。

福康街最高的樓房是29號東興大樓，共七層，每層四戶，有兩部電梯。住了很多外地來的人，來來去去，有的連顏里長都不知道。

比較寬敞的是兩間咖啡館，30號黑鬍子和47號野靈魂。黑鬍子是跟顏里長租的，這裡原來是堆雜貨的倉庫。野靈魂的屋子共三層半，原來住了一大家子十幾個人，後來子孫分散，空了很久，有點髒亂，就便宜租了出去。兩間咖啡館都有四、五十坪那麼大，是年輕人最喜歡去的地方。

09 我的世界

恆昌雜貨店頂樓神明廳前，有塊四、五坪的天台，擺了幾座石製的花台，以前放不少花盆，種很多花花草草，後來阿丁伯沒力氣上樓整理，就荒廢了。我常在空花台上坐坐、躺躺、理理毛，往下俯瞰福康街上的芸芸眾生，打發時間。街上的貓友也常常沿著鄰居的陽台、排水管、屋頂逛到這裡來，一起聊天，看雲彩、星星、月亮，看街上的人們。之後這裡便叫做「逍遙之台」。有貓友建議去掉「之」字，但不知道為什麼，我就是特別喜歡這個「之」字。

除了被關起來的，被抱著養的，街上每隻貓都有自己的路線。我也有慣常的動線。每天，我從左街的35號恆昌雜貨店出發，走到上街的太子公園，然後轉到右街，從20號空地開始，陸續經過22號顏里長家，以及十幾、二十家店面，來到下街底端的蕭王爺宮，接著過馬路到左街59號金寶佛具店、57號義錦米店飼料行，再轉回到恆昌雜貨店。

有些貓會帶頭硬要分上街、下街、左街、右街，強行爭地盤，畫分勢力範圍。個別貓之間也會彼此不爽，相互打鬥，但鳥、狗、人、蜥蜴……，都會這樣，總的來說不嚴重。

街上幾家的圍牆與屋簷等，也是我固定巡行的範圍，方圓一、兩公里之內的貓、狗、鳥雀基本上都認識。偶爾也會去各家各戶走走，不管幾樓，大街或小巷，屋頂或是水塔，只要能落腳，可以抓住什麼的，都可以進入。貓可以抵達的地方，人類無法想像。

這樣繞了一圈，沿路看到不少景象，吃到很多東西，跟幾個貓友聊天。日子有時有趣，有時無聊，和所有貓以及大部分人一樣，這就是我的世界。

福康街曾經出現過很多人，很多貓、狗，發生過很多事，這些大部分都消失了，沒有幾個人記得。我認識的，知道的，共同存在的，沒多久也會消失。我能記得的，就是眼前的這些罷了，當然這樣不夠，想要的還好多、好多，但是眼前就只有這麼多。

10 貓不相信命運

住在濱江花店二樓的是興立電子廠的廠務潘主任，他每天晚上都用手機查看明天星座運勢，還聽一位爆炸頭的女占星師的分析，如果他皺著眉頭出門，就知道今天的運氣預測不好。

萬利自助餐店的老闆最虔誠，像盈缺固定的月亮一樣，初二、十六準時在門口拜拜，用白鐵桶燒金紙，煙霧瀰漫。

開了五十多年的筆鋒文具行，老闆娘每天拿出黃曆仔細研究，出門要看方位和時辰，遇到事情就要擲筊，屋內常常傳來木片丟在地上跳動的聲音。

號稱「福康街第一筆」的郭代書，經常到蕭王爺宮幫忙寫字，家裡有事也問神，內容包括兒子工作順不順利，太太的心臟病，自己的事業發展，祖先安不安寧等等，有時狀況不好還會請道士做祭改。

王爺宮的蕭王爺聽說很靈驗，有求必應，大小事都管，信徒很多。神像雕得很威嚴，衣服五彩繽紛、帽子金光閃閃，然而人們不知道，半夜時分，很多貓在神龕上來來去去，鑽進鑽出，鬧一些事。這是不能說的祕密。

人類的頭腦是有缺陷的，不像我們那麼完整，他們相信的東西，貓都不相信。

11 一間浮華

黑鬍子咖啡館牆上貼有狂野的貓王，文質彬彬的白潘，香豔的瑪麗蓮．夢露，電影《西城故事》海報等等。還有一落黑膠唱片，一台哈雷摩托車。吧台供應萬寶路、駱駝牌的菸，古巴雪茄，百威和美樂啤酒。

店長頂哥嘴上留著克拉克．蓋博式的黑鬍子，笑容迷人，抽萬寶路的菸。

店內一直播放著慵懶深情的納金高的〈When I Fall in Love〉、〈Too Young〉等流行歌曲。

店貓豔豔，是布偶貓和暹羅貓的混血，身材勁瘦，白灰毛色夾雜巧克力色斑點雜紋，牠被頂哥前女友拋棄，軟心的男人捨不得而收養了。前女友每換一個男朋友就換一隻貓，這是她的習慣。頂哥還是很愛前女友，雖然他有新女友了，還跟前任 LINE 來 LINE 去。新女友也不時用手機跟頂哥視訊，吵來吵去，很熱鬧。

豔豔的個性和這間頹靡的咖啡館很不搭調。

「你知道我為什麼叫豔豔嗎？」牠問。

我看看牠，搖搖頭。牠穿著印有「黑鬍子咖啡」的黃綠色背心，戴著白底紅條紋的三角小帽——聖誕節拐杖糖那種色調，頂端還有一小撮金色穗子。

「你知道我名字的意義嗎？」牠眼光犀利，表情冷漠，接著又問。

「不知道。」我如實回答。

「我出生在豐饒的十月，所以取名作豔豔。十月代表什麼？革命！你知道什麼是革命？」

「……」我看著牠頭上那頂小帽。

「再問你一個問題，你為什麼叫たろう，又為什麼叫太郎？」豔豔窮追不捨。

「這個……」我吞吞吐吐。

Cabe
ELVIS
ELVIS
WEST SIDE STORY
BEATLES

「殖民的遺孽！」牠有點義憤填膺。

深夜或假日，豔豔和一些喜歡那種調調的貓，會聚在一起朗誦詩文。內容大概都是：咖啡、爵士樂、啤酒、長跑、單車、健身房、珍珠奶茶、小確幸、微創傷等等。

我參加過一次，覺得很彆扭，就不去了。

12 時代藝術

在路上遇見黑、橘、白混雜的三色貓，這傢伙精力旺盛，眼光炯炯，看起來很愛熱鬧的樣子。三色貓停下腳步，看看我，然後走過來說：「新開那家店叫『我不是在咖啡館就是在去咖啡館的路上』。」

「呼嚕呼嚕，又開了一家。」我說。

「還不如開雞排店或手搖飲料店，像一坪地生意就很好。」三色貓說。

「說的也是，反正大街上賣的都是人最想要的，不要的很快就被淘汰了。」我說。

「野靈魂那家比較亂，出入的人看起來很複雜。」三色貓說。

「豔豔那家比較好，男女客人都是紳士淑女，水準高。」我說。

「去野靈魂的那批，什麼雷鬼、重金屬、酷兒的，顏里長好像就不喜歡他們。不過愛喝酒鬧事的爛人，對貓比較友善。」三色貓說。

「顏里長是古代人，完全不知道年輕人的世界。」我說。

「他服務很熱心。」三色貓說。

「是大椿腳。」我搖搖頭說。

「那批人什麼都反對，嘲笑那張太子石椅，說是假的，又批評『龍來』、『福康』名字很差，還去噴漆。地方的人很生氣，報警抓人。實在是，石椅的來歷明明是錯的，胡亂湊成的。」三色貓說。

「好像是嘉慶君。」我說。

「是昭和太子才對，日本天皇年輕的時候來過。」三色貓笑著說。

「嗯。」我不置可否。

「野靈魂聽說還餵藥給貓、狗吃。」三色貓說。

「藥！」我嚇了一跳。

「聽說吃了會飄飄欲仙，精力旺盛。」三色貓說。

「人就是比畜牲厲害！」我說。

「畜牲？」三色貓說。

「街上很多人這樣罵兒子，開口閉口都說兒子畜牲不如，我也學會了。」我伸伸舌頭。

「彼此彼此。」三色貓點點頭說。

我心裡暗暗嘀咕：三色貓是哪家的？可能是東興大樓裡某一戶的？

13

貓比人想像的高明

顏里長走進恆昌雜貨店，坐在一進門的藤椅上，阿丁伯拿起桌上的茶壺，倒了杯茶，和他互相敬菸，點火。

「便利商店就是不行，跟店員講話他們都聽不懂。」顏里長歪了歪嘴說。

「嘿，聽人說，他們賣的東西難吃，都冷凍的。」阿丁伯說。

「誰要吃那種，偷工減料。」顏里長重重吐了口煙，曬得黑黑的臉，泛著油光。

「現在人不懂吃。」阿丁伯的煙由黃褐色牙齒間徐徐流出來。

「跟他們說黃酒、紅露酒，都搞不懂。啤酒價錢那麼貴。」顏里長說。

「還不能講價的。」阿丁伯說。

「長壽菸一百塊，變得沒味道。」顏里長說，拿起手上的菸看了看。

「公賣局賣的，我也不懂。」阿丁伯說。

「這個國家很奇怪。」顏里長說。

「便利商店沒人情，買完就走。對了，這次數量要多少？」阿丁伯說。

「這張給你。明天我找人來載，送去王爺宮。」顏里長一邊遞出一張紅紙，一邊抹了抹臉說。

阿丁伯接過紅紙，看了看：「量有比較多。」

「廟興，來食福的愈來愈多，贊助也比較多。」顏里長說。

「好事啦。」阿丁伯說。

「那個電子廠的廠務主任，有來找你嘸？他們廠要辦聚餐，酒水我要他來找你。」顏里長說。

「姓潘的那一個？」阿丁伯把半根菸捻熄在菸灰缸裡。

「對、對。」顏里長說。

「沒哩。」阿丁伯說。

「這個人，我給他幫很多忙，水溝不通，排廢水給人告，工人打架，我都幫他處理，幫忙和解。」顏里長說。

「伊有伊的出頭。」阿丁伯說。

「聽說這主任的職位是花錢買來的，很多人不服，這個廠務歹做。」顏里長說。

「好康的大家也要搶。」阿丁伯說。

「社會就是這樣。」顏里長說。

「伊沒來，伊某有來買一些東西。」阿丁伯說。

「潘太太，一百公斤那個喔。」顏里長說。

「她走路會喘，講話也會喘，汗一直流。」阿丁伯說。

「太大隻啦，潘主任也太辛苦，翻身都翻不過來。」顏里長說。

「嘿嘿嘿，愛講笑。」阿丁伯笑了起來。

「別笑伊，我也九十公斤，肚子太大，肉吃太多，醫生講我會心臟痲痺死掉。

我不吃會死，吃也會死，乾脆吃死好啦！」顏里長拍拍胸口笑說。

「不會啦，做長官要像這樣才有架式。」阿丁伯說。

「你這隻貓看起來不會老，奇怪，七、八年前看伊這樣，現在還是這樣。」

顏里長忽然低下頭看著我說。

「沒啦，換過了。」阿丁伯說。

「不是叫たろう？有時在街上看到，叫伊會應呢，會回頭。」顏里長說。

「前後幾隻都是叫たろう啦。」阿丁伯說。

「這樣啊，莫怪。我卡愛狗不愛貓。」顏里長說。

「伊很乖，好像講什麼都聽得懂。」阿丁伯說。

「貓怪怪，不知在想什麼？」顏里長說。

「就是貓啦。」阿丁伯說。

14

不值得活的生命

我在野靈魂咖啡館聽一位靈療大師說過，眼前的世界是個黑黑的、密閉的鐵房子，我們在裡面見不到光，呼吸不到好空氣，所以應該趕快覺醒，立志當個清醒者，睜亮眼睛看清楚世界。這番話讓我得到啟示，覺得自己應該做這樣的貓，做一隻有靈魂、思想覺醒、行動有意義的貓，為自己的生命做出貢獻。

不過，醒過來後，我不太確定要做什麼。如果跟其他貓談覺醒的事，牠們會以為我信教了。

「哪個教？佛教，基督教，道教還是密宗？」

牠們勸我別被人類教壞了，人類自以為是主人，其實不過是我們的奴僕，他們的品行和心眼比貓壞多了。

然而受到覺醒思想影響，我開始用不同的眼光看著同類，我以為大部分的貓活著是沒有意義和價值的，多一個少一個沒差，多一萬個少一萬個也沒有差別。大部分的貓假假的活著，愚昧的度過一天又一天，吃喝拉撒，然後，不知不覺的、不甘不願的老死。牠們不知道為何會出現，也不知道為何會死去。

自認覺醒，剛開始很有優越感，瞧不起其他貓，認為牠們很愚昧，但很快就變得憂心忡忡，害怕心志經不起考驗而墮落，煩惱表現不出特殊之處，其實也是隻庸俗的貓。就像誰說的：只要開始做一隻有良心的貓，日子就不好過了。

15 福康招財貓

天氣太熱的時候，我會走過燙燙的柏油馬路，一面走一面甩腳，快步到福康便利商店。

我站在玻璃門邊等待，有客人來，門開了，就進去。找一張靠窗的長條桌子，跳上去，坐下來。

這些動作通常會引起店內一陣騷動，不少客人靠攏過來。自拍、合照、撫摸、拿東西逗我，甚至抱起來看看是公是母。通常我就是以不變應萬變，放軟身體，任憑擺布，他們高興就好。

沒客人的時候，我就坐在窗前，東看看西看看，有時瞇著瞇著就睡著，不過就一、兩個小時吧，身體涼了就走。

很多人拍了我的照片，上傳到臉書和IG，稱我做「福康便利貓神」、「福康貓太郎」、「福康招財貓」、「福康療癒貓」等等，不少人按愛心、分享，還有人專程來看我，旅遊節目也來拍。

這些稱號中，我最不滿意的是「福康招財貓」。那隻肥敦敦的招財貓，披金戴銀，滿臉假笑，舉起一隻手向人招徠，俗氣，虛假，又裝可愛，我有那麼不堪嗎？

福康便利商店店長和員工很歡迎我，我是隻安分的老貓，不吵不鬧，只是分享一點點冷氣。許多客人看到我都會微笑，在店裡多待一會，可能就因此多買一、兩項東西。我有了名氣，店的生意變得更好。

也有人酸我，不替阿丁伯的恆昌雜貨店做廣告，還去競爭對手那裡賣萌，簡直是種背叛。

對於那些話，我懶得理，貓沒有想要遵守人類的規矩。

16

貓太郎沒惹你

潘主任走進福康便利商店，買一盒壽司，點一杯冰美式咖啡，然後走到長條桌子邊，他看到我時似乎嚇了一跳，轉頭看了看櫃台，店員聳聳肩，兩手一攤。

潘主任的手機響了起來，他把壽司、咖啡放在桌上，接起電話。

「……三十二桌，坐得下啦，去年三十五桌，今年人少了十幾位。」潘主任說。

「預備兩桌。吃素的有三十多個，三桌坐不下，四桌太浪費。吃素的又說要跟同課的人坐一起，不要坐素桌。」電話傳來一個女生尖銳的聲音。

「這些人就是這樣，一人份的素餐三百多塊吧？」潘主任問。

「漲價了，四百二。」女生說。

「哇，這次廠慶增加不少錢，會計會不高興。」潘主任聲音略大了起來。

「這些人都不怕麻煩別人，調查完，統計好了，又來變動，說要跟誰坐，不跟誰坐，變來變去。」女生強忍著不耐煩。

「做人的事就要有耐心，服務、服務。」潘主任嘆口氣。

「就是看不慣那些人。像我們教會的就不會，讓人家好做事嘛，這麼麻煩，又那麼貴。」女生語帶不屑。

「尊重、尊重，有些人吃素是為了健康。」潘主任帶點安慰的語氣。

「強的動物沒有吃素的，像獅子、老虎、熊、老鷹。羊、牛這些吃草的，都被欺負。」這個女生很激動。

「貓、狗、豬也不吃素。」潘主任瞄了我一眼，「秀婷，吃早餐了嗎？」

「還沒，抱歉抱歉，主任還沒吃吧？我很快就統計好了，再傳給主任，十點以前。」女生說。

「好好好，辛苦了，哈里路亞。」潘主任半開玩笑。

「哈里路亞。」女生很正經。

潘主任收起手機放在一邊，打開壽司盒，用竹叉子插起一塊豆皮壽司塞進嘴裡。臉色陰沉沉，一邊咀嚼一邊瞪著我。

17 貓就是商人

「你太不誠實了，不是很討厭每次都捉弄你的阿丁伯的兒子雄哥嗎？為什麼在他面前還叫得那麼溫柔，還去磨蹭褲管，你真可怕。」豔豔用挑釁的語氣說。

「還好啦，他不時會帶東西給我吃。」我說。

「他把你丟向半空中，從頸子那裡把你提起來，還拿你的臉去磨地板，這樣好嗎？」豔豔說。

「還有人把一坪地的花花從二樓推下來，看牠能不能四腳落地。」我說。

「試試貓有九條命？」豔豔說。

「難道我要對雄哥張牙舞爪，咬他嗎？」我做了個兇猛撲咬的姿勢。

「至少冷漠點，不要一直靠過去。」豔豔說。

「總要有人摸我啊，摸了我，我才能熟悉他的味道，否則都不親近了。」我說。

「也是，自家人，這個很重要。」豔豔說。

「如果雄哥身上沒有我的味道，我也會沒有安全感。貓就是利己的商人啊，呼嚕呼嚕。」我很慎重的說。

「這是你發明的說法。」豔豔說。

18 花開富貴

阿丁伯在雜貨店內放了七、八盆植物，富貴竹、發財樹、金錢樹、桂花、蘆薈，除了發財樹與蘆薈枝葉茂盛，生意盎然，其他都奄奄一息。吊在右側牆邊的螃蟹蘭就不太一定，阿丁伯很少管它，每隔一、兩天澆一次水，竟自己長得很好，每年冬末初春開出一盞盞的鮮豔紅花，非常喜氣。還有一年，整株螃蟹蘭中間以下全開了花，瀑布般一層層垂下來，每個來店的客人都驚嘆不已。

阿丁伯有時會跟那些花草說話，也會側著耳朵靠近，好像在聽它們說什麼。

螃蟹蘭開得好，阿丁伯心情就好。開不好，眉頭皺幾個月。

19

家裡的動物們

暑熱時候，阿星嫂點蚊香燻雜貨店裡的蚊子、飛蛾、蛾蚋；噴殺蟲劑殺蟑螂、螞蟻、甲蟲、蒼蠅、蜘蛛。

噴殺蟲劑的第二天，地板上可以看到東一隻西一隻的死蟑螂，或者中了毒還在爬行的。螞蟻也是成堆的死，如果在室外，她會用舊報紙點火，沿螞蟻路徑焚燒，被燒的螞蟻發出嗶嗶剝剝的聲音，還有焦焦的香氣。

阿星嫂掃這些蟲子的時候看起來很高興，嘴裡喃喃唸著：「這麼多啊，這麼多啊，你們！」

蚊香讓我的鼻子、嘴巴、肺部、毛髮滿滿的煙燻味，吸進來和吐出去都是那個怪味道。殺蟲劑雖然很香，但是很可怕，會讓我鼻腔內部腫大，眼眶刺痛，打噴嚏，咳嗽，喘不過氣來。

阿丁伯常常被蚊子叮咬，有時同一部位聚集了兩、三隻，他好像沒有感覺，只在皮膚上留一個小紅點，似乎也不癢。不像我，最常被叮得鼻子腫一個包，又癢又痛，一、兩天不舒服。阿星嫂特別怕蚊子，蚊子又格外喜歡叮她，常常可以聽到她驅趕、拍打蚊子和詛咒的聲音。

蚊蟲多，壁虎就長得好。壁虎吃得多，身體圓滾滾，會互相追追打打，不時從牆壁上掉下來。

壁虎看到我，當然飛也似的逃走，那模樣很滑稽。年輕時候，我很喜歡去追牠們，抓到後，逗來逗去，牠們斷掉的尾巴會在地上扭來扭去很有趣。現在已經不玩這無聊的把戲了。

20 換了鳥

阿丁伯跟阿星嫂說：「現在麻雀、燕仔少了很多。以前屋簷鳥街上、樹上到處飛。早年桂妃美容院旁邊有棵大榕樹，暗晡頭屋簷鳥飛回來，幾千幾萬隻，一直叫一直叫，很熱鬧。」

「那很髒喔，我們印尼老家現在還是這樣，很會大便，滿地都是。」阿星嫂流露出一絲嫌棄。

「屋簷鳥還會在沙裡打滾，洗澡，很可愛。」阿丁伯微微的笑了。

「割稻的時候也會來，一群一群，站在電線上，電線都壓壞了。」阿星嫂說。

「現在燕仔也都不見了。從文星麵包店到筆鋒文具行那邊，你知道嗎？以前是開布莊的，五、六間，屋簷上都是燕仔，還在家裡築巢。」阿丁伯說。

「好像有印象，我剛嫁來的時候，陪家倌去買過布，燕仔飛來飛去。」阿星嫂說。

「屋子拆掉後就沒有了，燕仔不知道飛去哪裡。」阿丁伯的聲音變小了，有氣無力。

這時幾隻八哥飛到雜貨店前的地上，牠們精力旺盛，跳來跳去，歪著頭，眼珠骨碌碌地看著店裡。

我瞇起眼。

「以前貓會抓鳥，還含在嘴巴裡，在街上走。」阿丁伯用手點點我。

「我沒有看過。」阿星嫂說。

「現在八哥很多，外來種的，會吃麻雀。」阿丁伯也看著地上的鳥。

「對啊，印尼也很常看到。」阿星嫂說。

我的眼睛亮了一下，不知道為什麼，尾巴輕輕地搖起來。

八哥跳前跳後，在地上啄啊啄的。

「牠們都住在道路標誌桿裡面，鐵的，一根一根很高的那種，早上去散步常看到。」阿丁伯伸起手臂，彎起來，想說清楚。「牠們真聰明。巢如果建在樹上，颳風、下雨很危險，一下子就壞掉。築巢在交通號誌桿上，貓和老鼠爬不上去，只有老鷹還有辦法。」

「老鷹？」阿星嫂訝異的說。

「以前老鷹也會抓貓來吃。」阿丁伯說。

「好恐怖喔。」阿星嫂皺起眉頭。

「麻雀、燕仔真是少了很多。」阿丁伯重複說道。

「時代啦，時代啦。」阿星嫂用安慰的語氣說。

其實阿丁伯沒有注意到福康街的貓和狗也換了，現在都是什麼孟加拉貓、暹羅貓、波斯貓、緬因貓、俄羅斯藍貓、拉不拉多、臘腸、博美、柴犬、哈士奇、吉娃娃……，本地的貓、狗不見了。

「人生——好——快——啊——」阿丁伯的聲音拉得老長。

貓、狗的生命比人更短促，這是人類不了解的。

我站起來，心情低落。

那幾隻八哥像猛然觸電一樣，急速拍著翅膀逃走了。

21 狗沒有規矩

順安中藥行前面正在整修地面，水泥匠用抹刀，費心的把濕稠的水泥來來回回修得平滑齊整。

抹好後，老闆用塑膠繩把那塊地圍起來，擔心有人或車不小心踩到、壓到，又在前方擺了幾個花盆、椅子。準備等略乾時，再鋪磁磚。

第二天早上，水泥地上還是出現了腳印，兩排狗的腳印。

「狗和貓真的不一樣，看那腳印。」我說。

「是吉利機車行的拉不拉多Lucky的，一看就知道。」福旺金紙行的龍眼說。

「老闆應該養貓的，貓會阻止不懂事的狗。」一坪地的玳瑁說。

「狗就是膚淺，動不動就叫嚷，就激動，大部分的叫是沒意義的。」我說。

「就是這樣人類才會喜歡牠們。」龍眼說。

「很多人也是這樣。」玳瑁說。

「低級反應。」我不屑的說。

22 狗很裸露

狗是沒有禮貌的動物，天生如此。尤其是公狗，牠們的生殖器和屁眼露在外面，一見面就要聞對方這兩樣東西。如果對方不肯，就咆哮，就打架，真是不文明。顏里長的哈士奇哈利，星光燈具的柴犬庫洛就是這樣。

更令人尷尬的是，那些沒有處理掉或沒處理好生殖器的傢伙，不看地點、時間、人物、場合，就公然的要交尾，趴在對方身上拱啊拱的，真令人尷尬。
經過文明洗禮的，就好多了。像貓就比較節制含蓄，初見面也不會那麼粗魯，我們就是觀望，再觀望，真的要交尾也會躲在暗處。

23

貓拒絕戲謔

一隻渾身濕漉漉、滿是白色泡沫的貓，從福康便利商店玻璃窗前面匆匆跑跳過去。
一位身材苗條、長髮披肩的年輕女生，慌慌張張的在後面追趕。
「貓討厭洗澡。」穿著整齊，戴黑框眼鏡，模樣很像中學老師的男人說。
「怕水。」剃著光頭，跟他一起望著窗外的同伴回答。
「這主人也真搞笑。」黑框眼鏡說。

「漂亮女生呆呆的。貓不愛水，也不喝水。」光頭說。

「有啦，很少。」黑框眼鏡說。

「洗乾淨不是更好，香噴噴的，還不用自己理毛。」光頭說。

「就是啊，跑什麼跑。」黑框眼鏡說。

「做作。」光頭說。

「你說貓還是那個女生？那個女生好像是文星麵包店的女兒，叫什麼雪芳，我教過她公民。」黑框眼鏡說。

我偏過頭，不想聽這愚蠢的話。這些自以為是的人類，什麼都不懂，還講得頭頭是道。年紀大的，閱歷多的，就很容易被這些幼稚的言論惹惱。什麼香噴噴，難聞死了，根本不是貓的味道，沒有一隻貓受得了。

貓是從沙漠裡走出來的，所以幾乎不喝水。沙漠的水塘裡有鱷魚，旁邊有土狼、獅子、鬣狗……，去喝水很危險。

上帝太惡劣了，開這種玩笑。每種動物都要喝水，卻要貓冒著生命危險到水邊。不喝水會死，喝水就可能被殺死。

那隻濕淋淋的貓用前爪抓著排水管，跳上牆壁，再蹬上屋頂，然後站在那裡，回頭往下望。

那位長髮飄逸的年輕女生，氣呼呼的跺著腳，雙手叉腰，嘴裡喃喃唸著。貓拒絕被這樣玩，所以不喝水，光吃獵到的蜥蜴、老鼠、青蛙，水分就足夠了。

年輕女生仰著臉，指著貓，隔一會右手由上往下畫了個弧度，做了要牠跳下來的手勢。

幾個人走過來，也抬頭看著那隻貓。

「你覺得貓會下來嗎？」黑框眼鏡看著我說。

「完全不重要。」光頭淡淡的說。

年輕女生嬌聲的又喊又叫，屋頂上的貓忽左忽右搖動著尾巴，沒有回應。接著年輕女生雙手合掌，前後膜拜，開始用哀求的方式要貓下來。看那嘴型好像在說：「咪咪、咪咪，下來啦！危險啦！」

有些人也幫忙揮趕、叫喚，還有人去拿食物，甚至逗貓棒也出現了。

「這群人真可笑，你不覺得嗎？」黑框眼鏡說。

「生活小趣味嘛。」光頭說。

「小確幸，一時爽，黑白凸，這就是台灣。太需要改造了。」黑框眼鏡說。

這兩人還算好，沒有把我趕下桌子。

「沒人理你。」光頭一邊看著我，一邊微笑著說。

那隻貓往下看看他們，搖擺身體，甩甩水，轉過身，翻過屋頂的另一面，消失了。

24 熱情的小跳

只要少女雪芳一出現，福康街的貓、狗就開始緊張，紛紛瞪大眼睛，豎起耳朵，弓著背。因為之後可能會有一個六、七歲的男孩小跳現身。

小跳只要看到貓、狗便會大叫，衝過來，抱起你，用臉頰摩擦，用下巴蹂躪，用肥肥的手臂勒住你的胸部、腹部，讓你喘不過氣來。最後竟然還要接吻，用舌頭舔臉，真是太強人所難了。人類的嘴，跟貓、狗的嘴會契合嗎？

小跳本身就是塊起司，身上酸酸臭臭，一股發酵的怪味道。講話大舌頭，聲音沙啞又愛說個不停。

他記得福康街所有貓、狗的名字。在街上遠遠看到這個傢伙，要趕快轉身，否則被發現了，必然聽到尖銳的喊聲，然後一路追過來：「太郎！太郎！貓咪啊！」

丟臉死了。

姊弟實在差太多了。

25

如夢仙境

每次經過燦燦美髮，我都會停下來，盯著玻璃窗裡兩隻如夢似幻的波斯貓。牠們已經習慣被這樣盯著看吧，沒有什麼反應。我們從來沒有對話過。

有一天，我坐在晶亮的玻璃窗前，用心看著。隔了好一會，牠們一前一後慢慢走過來，輕緩緩的坐在我眼前，似有若無的搖著尾巴。

牠們的毛髮蓬鬆，修整得非常優雅高貴，簡直是會走動的美夢，不可置信的幻想。灰褐色那隻的眼睛是玫瑰色的，淡紫色的那隻眼珠是藍色的，看起來詭異又綺麗。

隔著厚厚的玻璃，其實聽不到彼此的聲音。不過只要張開嘴，就大概可以知道對方在說什麼。

「你們不出來嗎？」我熱切的說。

「既然是這樣了，就這樣吧。」玫瑰色眼珠說。

「呼嚕呼嚕，不想衝撞嗎？不想革命嗎？」看著牠們魅惑的眼神，我渾身發燙，腦中一陣昏眩，有點坐不住。

「不要這樣說，追求愛與美的生命也很有意義。」藍色眼珠說。

「而且更值得認真，衝撞的很快會被衝撞，革命的很快會被革命。」玫瑰色眼珠說。

我突然有點降溫了。

「推翻的，很快會被其他的推翻。」藍色眼珠說

「呼嚕呼嚕，你們說的話智慧太高了。」我說。

「電視或手機看多了就知道。」藍色眼珠說。

「但還是找機會出來吧。」我說。

「你覺得我們適合出現在雜亂的街頭嗎？」藍色眼珠高傲的撇過頭去。

牠們的臉幾乎沒有表情，但從眼珠看得出心意。

我掉頭離開，胸口莫名有種甜蜜的酸楚，牠們不只有炫麗外表而已啊。

26

歡迎到此一遊

太子公園有點名氣，網路上有人介紹，尤其那兩塊太子坐過的石頭，最令人嘖嘖稱奇。不少遊客會特地過來看看。

遊客包括踩單車、騎摩托車、開自用車的，他們大部分會拍照，上傳，分享給親朋好友，也有做筆記，甚至拿出尺來丈量石頭的。接著他們會到福康街上走走。恆昌雜貨店是現在已很少見的柑仔店，遊客們會在門外指指點點，也會進來買點東西。41號的廢棄大宅一看就有故事，很多人表示惋惜，認為應該復舊才對。至於古蹟蕭王爺宮則是愛好地方文史和信仰虔誠的人，一定會去的地方。

最多遊客去的是福康便利商店，其次是萌朵水果飲茶店，另外黑鬍子、野靈魂、我不是在咖啡館就是在去咖啡館的路上這三家咖啡館的生意也很好。

街上的貓、狗，也成為遊客追逐拍照的對象。基本上只要動作不大，沒有發出怪聲，身上味道不難聞，並且有耐心，貓、狗是不會太在意的，拍完也不必給貓、狗看，我們沒興趣，遊客喜歡就好。

太子椅

27

生之慾力

春天，草籽不放過任何可以發芽、生長的地方。福康街空廢的土地、停車場、人行道、花圃、菜園、屋頂淤泥、牆壁的縫隙、水管廢土，甚至水溝深處，紛紛長起了黃綠、青綠、深綠的雜草。

然後，開花植物在幾次綿綿細雨、暖暖春風之後，在陽光下開出五顏六色、大大小小的花朵，散發濃濃淡淡的香氣。

年輕的貓踏著輕盈的步子，扭動靈活的身軀，忽快忽慢的走動，四處跳上跳下。狗在草地上打滾、鑽動，在街道上氣喘吁吁地胡亂奔跑，口水亂噴，不知道為什麼的吠叫。

上街的廢棄大宅，建物加上亭園，面積有三、四個籃球場那麼大。院子裡，種著十幾種樹木，羅漢松、夾竹桃、花柏、枇杷樹……，還有幾棵已六、七十年的柚子樹，這幾棵樹春天來的時候陸續抽芽、開花，香氣濃郁，半條街外都聞得到。

不知道是不是柚子花的毒素，還是其他花粉，每逢這個時候我的鼻腔便會腫起來，呼吸有點困難，頭腦微微發燒，輕度的暈眩。

28 編織貓的玄奇故事

仙鄉水果行進了一批蓮霧，幾十個空紙箱堆在巷子裡，過了兩天都還沒處理。

路過的、習慣在這兒進出的、被通知前來的貓，在紙箱堆裡鑽來鑽去，爬進爬出。甚至連燦燦美髮的玫瑰色眼珠貓也來了，她興奮的在箱子間跳來跳去。

我有點躊躇要不要加入牠們。

「來呀、來呀，太郎。」玫瑰色眼珠一邊招呼。

「喔喔。」我還遲疑著。雖然也很想跳進箱子，但一直困惑，這些貓究竟在做什麼？為什麼會這樣？

此時，遇見了筆鋒文具行的編織貓和東興大樓的三色貓。

「你們兩個長得很像。」三色貓對著我和編織貓說。

「不是什麼光榮的事。」我很大聲的說。

「太郎頭腦比我好。」編織貓說。

「沒有沒有，我只是多活幾年而已。」我說。

「兩個都是多愁善感。」三色貓說。

「可能像爸爸，牠是自殺死的。」編織貓說。

「蛤！」三色貓大吃一驚。

「不確定啦。」我說。

「牠是跳河自殺的，說是被小人說了壞話，想不開。」編織貓說。

「第一次聽到貓會自殺。」三色貓說。

「那時候牠和主人處不好，常常被說好吃懶做。主人不給牠東西吃，甚至好幾次把牠趕出家門。」編織貓說。

「很傷心，遇到慣老闆。」三色貓說。

「我去牠跳水的地方看過，感覺水很淺，淹不死，說不定身上綁了石頭。」編織貓說。

「好了好了，你別再編了。」我說。

「還需要再多了解，總之被撈上來的時候，媽媽有去看。」編織貓還不停下來。

「好了好了，說別的。」我開始微慍。

「對了，聽說老緬過去是個人物。」三色貓轉了個話題。

「是啊，老緬是下街的戰狼。」編織貓說。

編織貓每天精神不濟，看起來比我委靡得多，滿臉若有所思的樣子。牠說話時兩眼發直，瞪得很大。筆鋒文具行太陰暗潮濕了，老闆收藏很多稀奇古怪的早期線裝書，還有各種奇情、鬼怪、懸疑、偵探的書刊，對牠的影響太大了。

「之前我們和嘉陽公寓那邊的貓、狗打鬥，老緬抓到牠的爸爸，又咬又踢得把牠弄死。」編織貓說。

「牠爸爸？老緬自己知道嗎？當著大家的面嗎？」我大吃一驚。

「大家親眼看著。」編織貓說。

「老緬是從興立電子廠旁邊的嘉陽公寓領養過來的。牠跟牠爸爸都是緬因貓，誰看不出來。」編織貓說。

「打起來的時候，有時候真的六親不認。」我說。

「我只聽過上下街、左右街的兄弟貓、姊妹貓互相追打的，也有鬧出貓命的，但沒聽過老緬的故事。」三色貓說。

「老緬大義滅親，下街的都很感動。」編織貓說。

「真刺激，今天我聽到兩個精采的故事。」三色貓搖晃著頭，一副很想參與打鬥的樣子。

「老緬的故事還很多。」編織貓說。

「真應該把這些故事保存下來，說給後生晚輩聽，福康街傳奇，這是在地的寶貝啊。」三色貓說。

「好了、好了，別說了。」意識到編織貓又要開始滿口胡話，我想要制止。

「太郎，你應該鼓勵牠多說點啊，太了不起了，我敢保證沒幾個人知道貓會自殺。還有老緬為了保護地方，大義滅親殺掉父親的事。」三色貓說。

「好了、好了。」我低下頭，感覺渾身都在流汗。

「我再問你喔，你知不知道……」三色貓興致勃勃的問編織貓。

「你問、你問。」編織貓很認真的回答。

「到底是福康安、嘉慶君，還是日本昭和太子來過這裡，所以才叫『龍來』？」三色貓說。

「問我就對了，沒有人說對。這裡曾經挖出恐龍的骨頭，一大堆，十幾輛卡車載不完。所以才叫龍來。」編織貓說。

「真的嗎？」三色貓驚訝的說。

「只是日本人把骨頭藏起來了，因為台灣有而日本沒有，不可以。那些骨頭應該藏在博物館裡，要找，一定有。」編織貓說。

「我完全沒聽說過這事。」三色貓說。

我感覺很想死。

「嘿嘿嘿。」編織貓賊賊的笑了。

我渾身發熱，轉身，抬起沉重的腿，頭也不回的快跑離開。

29

想像的以為比較好

福康街上店家多，招牌大大小小、琳瑯滿目，讓人眼花撩亂。轉進巷子就不一樣了，畢竟是小鎮的角落，街後冷清多了。

這天，在三十七巷一輛廢棄小卡車底下，看到一隻灰白色的綠眼貓，牠縮著身子，蹲在那兒有氣無力「咩——咩——」的叫。我慢慢走過去，聞嗅一番。

「迷路了是吧。」我說。

「這裡太亂了。」白毛綠眼貓有點委屈。

「你平時很少出來吧？」我說。

「第二次了。」白毛綠眼貓說。

「主人不讓你出來是有原因的，街上不好混。」我說。

「別教訓我，告訴我怎麼回去。」白毛綠眼貓口氣很兇。

「每隔一陣子就會看到像你們這樣，不肯好好待在家裡的。」我說。我應該是得意忘形了，教訓人的話最討人厭，不知道為什麼，就是想說。

牠垂下頭，精神委靡，綠色的眼珠看向地面。

「總覺得外面比較好，比較有趣，不管主人怎麼攔，就是要衝出去。出來了，然後呢？」我說。

「……」白毛綠眼貓不說話。

「柱子上、公布欄、商店門口，貼了好多尋找走失貓、狗的懸賞啟事，很好笑。我每次都很仔細地讀，真的。有的後來病死、餓死、被車壓死，還有被抓去做成香腸的。餓死的最多你知道嗎？現在的貓沒辦法獨立生活了。」我說。

牠掙扎著站起來，想離開的樣子。那乾癟的肚子，散亂的灰毛，看起來很狼狽。

「讓老傢伙說說，發發牢騷，不要不耐煩。幸好這一帶很多貓跟你一樣，被人家帶回去收養，運氣很好。」我說。

牠吞了吞口水。

「白毛的，你跟我走，先去萬利自助餐吃點東西，再跟我說你住在哪一帶。」我說。

「自助餐？」白毛綠眼貓抬頭看我。

「那是我的朋友健身貓的家。牠以前叫粉圓。那裡隨時有東西吃。」我說。

白毛綠眼貓站起來，慢慢地跟在我身後。

「你們沒辦法獨立生活了，知道嗎？別走遠，離家遠一點就沒辦法。不只你們沒辦法，現在的狗也沒辦法。」我搖搖頭說。

「我本來以為可以。」白毛綠眼貓說。

「那生存本能已經被人類清除了。覺得自己可以做到，其實只是想像。我們很多事只剩下想像。對了，你叫什麼名字？」我說。

「香香。」他說。

「噗哧，又是疊字，真是夠了。」我說。

「自助餐店快到了嗎？」香香聲音小小的說。

30 一個人的死亡

人類的房子不只是人類的。

也是貓、狗、老鼠、蟑螂、螞蟻、蚊子、鳥、蝙蝠、壁虎、蜘蛛……，還有各種細菌、黴菌的住處，每種動物、昆蟲、菌類都有出入的管道或者寄居的區域，只是大部分人類不知道。

29號的東興大樓是一棟出租公寓，總共二十幾戶，住了不少人。四樓3號房曾經住了一位很奇特的老先生，舉止和說話的樣子像是個大老闆，之前有不少人來找過他，甚至還在附近租房子，整天觀察這人的動靜。老先生都不理會，為了怕被探問，甚至一整個禮拜不出門。

雖然門窗關得很緊，我還是鑽得進去。對貓來說，很少房間是進不去的，鑽進鑽出很有成就感。貓多少也會相互比較，誰進去的地方多，哪裡是誰的地盤，哪家哪戶如何如何等等。有些人家我不熟，或者討厭那家人的味道、聲音、行為，是不屑去的。

這位怪怪老先生常在電話中向人抱怨房內有蟲子，實際上是沒有的。可能是我常躲在暗處看他，他覺得不舒服才會這樣。老先生敏感、神經質，這跟貓很像。

螞蟻群來過這個房間，搬運過餅乾、米飯、麵包等碎屑。這裡的糧食不像其他住家那麼豐富。也因為食物量一直很少，不值得多花心力，要不是鄰近幾間多采多姿，也不會順道過來。

這位臉上皺紋很多，頭髮稀疏的老先生，身材枯瘦，櫃台的人叫他蕭洛夫。他的房間很雜亂，東西胡亂堆疊，連張書桌也沒有，似乎只想住一陣子，就要離開的樣子。不過，他在房間裡一直很安靜，偶爾會自言自語，打電話或接幾通來電，談的都是水電費、銀行支付等等問題。但他很注意其他房間發出的聲響，總是仔細聆聽，甚至做筆記。

最後幾個月，蕭洛夫幾乎完全沒有訪客。

總之，當大群螞蟻抵達的時候，睡在行軍床上、蓋著藍色毯子的老先生，已經從僵硬變得柔軟，肚腸開始發酵。蟑螂也出現了，在那兒爬來爬去。

我在行軍床四周走動，到處聞嗅，察看了一會。他究竟是誰啊？這樣孤獨的死去。希望阿丁伯不會這樣，我也不會。

從此，我再也不敢像年輕時，偶爾離開恆昌雜貨店兩、三天，餓了、累了、煩了才回來。我現在都很乖的守在家裡，就怕被他們趕走。

31

側躺著的貓

白毛綠眼貓仍然待在三十七巷廢車的底下，牠側躺在那裡，歪著頭打瞌睡。神情還是有點惶惶不安，但毛色比較有光澤了。

「這台是裕隆的 Cefiro 豪華型喔！很尊貴的。」我說。

「你說什麼？」白毛綠眼貓問。

「這台廢棄的車啦，引擎被拔掉，車輪也剩兩個，啊不管它了，福康街還好混吧？」我說。

「這裡可以，對貓很好，真的，我不想回去了。」白毛綠眼貓睡眼惺忪地說。

「說不定有哪家人會收留你。」我說。

「不用不用。」白毛綠眼貓說。

「你要可愛一點，人家才會喜歡你。」我說。

「不用不用。」白毛綠眼貓說。

「有家比較好。」我說。

「太郎，你知道嗎，不是只有人類會想死，貓也會。」白毛綠眼貓說。

「當然。因為貓也有思想。」我說。

「有些狗會做夢，還說夢話。」白毛綠眼貓說。

「但狗不會思考，因為頭腦不行，牠們不會想到這麼高級的問題。」我對著牠驕傲的說，這點很重要。

「我知道你不喜歡狗，老是批評牠們。」白毛綠眼貓說。

「長時間被套環綁住的狗，只會作白日夢和胡言亂語，沒有辦法想深刻一點的東西，那個套環就是緊箍咒。」我說。

「你覺得還有其他動物會思考嗎？」白毛綠眼貓懶懶地問。

「鳥的腦太小，容量不足，皺褶很少，所以也不會。據說馬會，尤其是賽馬、馬戲團裡的馬，只是牠們沒有找到好方法，不知道要怎麼殺死自己。」我說。

「我覺得太郎是不簡單的貓。」白毛綠眼貓說。

「我平均一禮拜兩次想到自殺。會思想真的很痛苦。」我心情有點低落。

「蛤?!」白毛綠眼貓睜大眼睛說。

「你想自殺只是因為情緒不好，卻沒想過自殺的價值和意義。」我說。

「自殺的價值和意義？」白毛綠眼貓說，這時牠的精神似乎好多了，但還是側躺著。

「馬和牛一樣，非常怕痛、怕死，只要是怕痛、怕死的就沒辦法自殺。真活不下去了，就不會怕，不會畏懼做可怕的事。」我說這話時有點心虛。我自己膽小如鼠，心像屋頂紅色的台灣瓦，一踩就碎，無法更換。

「有些不想活的貓，會做出不可思議的事。」白毛綠眼貓說。

「對！例如跳河、撞火車、攻擊比特犬。」我說。「還有，吃得很肥的那種貓也是慢性自殺。」再補充了幾句。

「我覺得跟人類一樣，有些貓生來就會自殺的，怎麼說都沒用，牠們只是尋找適當時機，攔也攔不住。」白毛綠眼貓說。

「我也是這樣想的。喔，我爸爸是自殺的，祖父或祖母不知道是不是也是，有遺傳。」我點點頭。

「難怪你會想這麼多。謝謝你關心我，真的，這條街我沒有朋友。」白毛綠眼貓低下頭說。

「你才來沒多久，不用急。我們去吃點東西吧。」我說。
「每天都要吃飯好累啊。」白毛綠眼貓打了一個呵欠。
「吃飽了想法會改變。」我滿自信的。
「躺著比較舒服。」白毛綠眼貓說。
我走開了，白毛綠眼貓還側躺在原處，過了好一會，才慢吞吞的站起來。

32
應許的靈厝

午后，糊紙紮靈厝的蔡木添走進恆昌雜貨店，正坐在藤椅上打盹的阿丁伯猛然驚醒，趕緊為他拉把椅子。
這個蔡木添眼眶凹陷，眼珠是深黑色的，看人的樣子很怪。我踱步到角落，靜靜地坐下來。

「先三萬啦，其他的過兩天。」蔡木添一邊說，一邊遞過來一個紅包。

「阿星，來，點一下。」阿丁伯朝屋裡呼喚。

阿星嫂走過來，打開紅包，數了起來。

「丁仔，看你手稍微會顫呢，怎樣，肝不好？」蔡木添語帶關心。

「糖尿病，沒死，也沒好。」阿丁伯有點無奈。

「你打牌這麼強，這條街沒有人贏你。」蔡木添說。

「三萬，對。」阿星嫂轉身，走去櫥櫃那裡。

「去你那最安心，打牌就不會亂。」阿丁伯說。

「誰會去我那裡抓，雖然是紙糊的神鬼，警察也不想去，嘿嘿嘿。」蔡木添牽動嘴角笑了。

「聽講，黃桂森伊老歲仔死去，請你做大間的。」阿丁伯說。

「全套的，八公尺長，三公尺高，雙層三進建築。金童、玉女、魚池、直升機，還有麻將、賓士、法拉利、特斯拉。金光搶搶滾，真水，大船入港啊。」

蔡木添拿起手機滑啊滑的，找到圖片，遞過去。

「我駛不赢啦。」阿丁伯戴上老花眼鏡，看著手機螢幕。

「咱好兄弟，你要怎樣，我也給你做最高級的。」蔡木添說。

「那你要卡保重，不能比我先走。」阿丁伯竟像認真託付。

「不會啦，命有定數，出生時就請算命的算好了。」蔡木添笑說。

「還有做貓、做狗喔？」阿丁伯繼續看著照片，笑笑地說。

蔡木添不知道為什麼看了我一眼：「黃桂森伊老歲仔愛狗，飼過十幾隻，伊有傳照片給我，我按照片上的做給他，軍用狗和羅威那兩隻。」

「陪他去。」阿丁伯發出一絲喟嘆。

「對啊，古早，老爺死，身邊的人、馬都要陪葬，伊最愛的珍奇寶貝也跟著去。」蔡木添又看了我一眼。

「那是古早時代。」阿丁伯說。

「我要是古代老爺，也這樣做。不管身邊的什麼，都要陪我過去。」蔡木添說。

我不喜歡蔡木添的眼神，轉頭看看外面，然後起身，假裝那兒有事，走了出去。

33 外貌不凡

「阿星嫂面相很特殊，走路架式不凡，不是普通人。」編織貓來到恆昌雜貨店門口，看著我說。

「她是印尼的。」我說。

「不是這樣說，主貴的外貌就是主貴的。」編織貓說。

「喔，你在筆鋒文具行看太多古代的書了。」我說。

「伊的兒子現在是板模工，將來要做總經理，有錢到可以把整條福康街都買下來，你們等著看，伊的命很好。」編織貓說。

「她的先生天天喝酒，婆婆討厭她。」我說。

「愈這樣愈好。」編織貓說。

「都是你說的。」我歪過臉不跟牠面對面。

「我看人很少錯。」編織貓很肯定的說。

「她兒子發財的時候，我們都看不到了。」我說。

「不一定喔，不一定喔。東興大樓有隻貓已經十八歲了。」編織貓說。

「牠打營養針，戴呼吸器，又瞎又癱，我知道那隻貓瑞。」我說。

「主人想不開，一定要牠活。」編織貓說。

「別活那麼久。」我說。

「別鐵齒，輪到你再說。」編織貓說。

我不知不覺低下頭，感覺心臟跳不太動，膝蓋關節痠痛。

「不死不活最糟糕。」編織貓說。

「我寧願死。」我說。最近尿尿也不順利，狀況有點像老緬。
「別鐵齒，輪到你再說，真的要死了想法會變。」編織貓說。
「不會、不會，真的，是真的。」我一陣惘然的說。

34 前生今世

黑鬍子咖啡館裡，男男女女老老少少，坐了三、四十個人。野靈魂咖啡館搞靈療師、塔羅牌算命這招很成功，生意大好。平常駐店的就有三位，很多客人大老遠跑來，為的就是這個。

黑鬍子店主頂哥覺得可以效法，熱心參加各種宗教團體的顏里長的太太，介紹了知名的清無上師，來這邊辦開示會。雙方商議如果有成效，以後可以常常辦。

這天黑鬍子門口掛了一塊紅布條，上面寫著：「熱烈歡迎蓮花菩薩宣講會」。

留著克拉克．蓋博式黑鬍子的頂哥，坐在吧台後面，手裡拿著一本書，低頭用心看著。

店裡正播放著〈觀世音菩薩祈禱文〉佛曲音樂，充滿了祥和的氣氛。

半閉著眼睛、穿著茶褐色袈裟的上師，坐在一張鑲著幾朵粉紅色蓮花的太師椅上。她開口說話了：「今天能在這間充滿聲色慾求的店裡，和各位施主相見，也算是特殊的機緣了。」

「阿彌陀佛，感恩，上師。」眾人一起回答。

「大家看看這裡有瑪麗蓮．夢露、貓王、重型機車，這麼多菸、酒、咖啡，都是刺激我們身體的東西，都是引誘我們的毒物，這個機緣真是難得啊。」上師說。

「阿彌陀佛，感恩，上師。」眾人又回答。

「好吧，我們開始說吧。各位，一切都是前世的業帶來的，今天的種種不順，疾病，車禍，火災，事業失敗，家庭不睦，都是前世因果。我們要回到前世去找，業障出自何處？怎麼造成的？今世的果報是什麼？」上師說。

「請問上師，怎麼找呢？」旁邊一位穿著紫色旗袍、畫著濃妝的婦人開口提問。

「跟著貧尼走啊，貧尼會帶你回去。」上師說。

「感恩上師。」眾人一起回應。

「在座的施主都有《蓮花菩薩開示經》這本書吧？」濃妝婦人說。

「有。」眾人紛紛回應。

「那麼請大家翻到第22頁。」濃妝婦人說。

「這個尼姑的眼睛怪怪的，嘴歪歪的，臉頰還不時抽一下、抽一下。」我說。

「她是有名的神尼，頂哥也很信她。今天有人包場，入場券一人兩千。我特地找你來聽聽，你最有慧根，看她說什麼。」豔豔說。

「頂哥今天的樣子好奇怪啊，臉看起來像聖人。」我說。

「那個叫做虔誠好不好。他就是愛演。」豔豔說。

「如果你不能開悟，不能超脫，人還是人，牲畜還是牲畜，永遠輪迴，苦海無涯。」上師說。

「感謝上師願意為我們開示，這是最難得的因緣。有牲畜聽了道，竟然也開悟了，這是發生在埔里的真實事件。」濃妝婦人用堅定的語氣說。「當時有隻白狗走到上師面前，趴下來，一直點頭，眼淚一直滴，現場幾百人親眼看到！上師後來幫這隻狗找到前世，是屏東姓施的人投胎的。上師的話語、聲調有佛力，蟲魚鳥獸都能開悟。」

「哇！」有人發出衷心的讚嘆。

「我在現場，是真的。」還有人說。

「在場的蟲魚鳥獸，都要用心聽。」濃妝婦人說。

「原來狗也可以。」我說。

「厲害了，我都起雞皮疙瘩了。」豔豔說。

「哪裡有魚？」我問。

「她是說前面水族箱裡的魚。」豔豔說。

「如果你前世為人，犯了淫戒，來世就變為鳥類；犯了殺戒，就變成豬；不孝、忤逆父母，就變成狗；好逸惡勞就變成牛。自古以來這樣的例子很多，書上都有寫。」上師說。

很多人點點頭。

「人活著不免有七情六慾，每一慾都有歡樂，都有苦痛，不知道超拔而陷溺其中，罪孽深重。」上師持續說。

「那貓呢？貓是什麼變的。那裡也有一隻貓耶。」豔豔昂昂下巴說。

一隻毛髮褪色、憔悴衰老的黑灰夾雜白條紋的貓，蜷曲身體，抱著雙腳，趴坐在擦得亮晶晶的哈雷重機旁邊，外表和我還有點相似。那會是幾年後的我嗎？牠瞇著眼，似有若無的聽著上師說道。

「怎麼認識你的前世今生呢？上師有一門課在信義路二段的澄靜堂，課程共三天，一個月只接受十名有緣人，想了解自己前世今生的，等一下可以來找我，報名結緣。」濃妝婦人說。

「各位施主，請看第32到54頁。有一個人，第一世降生在宋朝，因多行不義，在元朝轉世成一匹馬。後來在明朝轉世三次，一次是官夫人，夫人在世時，因慈悲為懷，濟弱扶幼，供養釋道，轉世為高僧。然而這位高僧不守清規，結交權貴，貪名好利，來世便下降為貓。」上師拿著書，認真地講道。

「說到貓了。」豔豔說。

「此貓在世，爭強好勝，恣意殺戮蟲、鼠，雖然如此，是為人除害，故轉世為窮人。窮人三餐不繼，最後倒斃街頭。之後再轉世為現代生意人，因頭腦靈活，手腕高明，成為億萬富翁。然而沉迷酒色財氣，妻離子散，惶惶不可終日。幸運啊，他遇到貧尼，在多次開示之後，終於了悟此身因緣，豁然開朗，得大解脫。」上師慢條斯理的說完這一段。

豔豔看著我說：「我們可能是高僧轉世的喔。」

「我覺得自己前世是隻魚。」我說。

「怎麼知道的？」豔豔問。

「就是感覺，而且有夢過。」我說。

「你做對了什麼？還是做錯了什麼？」豔豔追問。

「吃太多小魚、小蝦。」我說。

「那有對錯嗎？」豔豔又問。

「我也不了解。」我說。

「現世裡，有人功成名就，大富大貴，妻賢子孝，這是累世福報，令人羨慕。大部分人命運不濟，心願不成，冥冥中總是阻礙重重。在座施主一定心有戚戚焉，然而如何化掉前世業障呢？難道無法消除嗎？當然有……」上師抑揚頓挫，一句一句慢慢的說。

眾人噪動了，發出嗡嗡的聲音。

「上師開金口了，請大家注意。」濃妝婦人說。

「要解決冤親債主，前世災厄，一個是發心，一個是行動，一個是供養。今天和大家結緣了。」上師說。

「我覺得我的前世是一棵樹，高大的楓樹，到了秋天葉子會變成金紅色，非常漂亮。」豔豔說。

「樹會變成貓嗎？上師說的都是動物在輪迴，沒有講過植物。」我說。

「植物死掉不輪迴喔？那神木呢？」豔豔問。

「要問那個貧尼。」我說。

「不要為難她了，做這個也不容易。」豔豔說。

「那些吃植物類的呢？」我問。

「所以就投胎變成蔬菜、水果囉！」豔豔很肯定的說。

這時哈雷機車旁那隻老貓應該是睡著了，頭歪向一邊，露出禿了一塊的頭頂，模樣很像個和尚，正微微打著鼾。

「沒有救，那個傢伙。」豔豔呶呶嘴說。

「不能開悟。」我說。

「快去輪迴了。」豔豔說。

35

撩撥

黃昏時分，晚風習習，豔豔來找我，堅持要和我走一段路，散一段步。

我們朝下街走去，經過燦燦美髮、廢棄大宅、星座通訊行、筆鋒文具行、野靈魂咖啡館、順安中藥行⋯⋯。她身上的氣味，不時滲進我的鼻子內。

「貓要相信神嗎？」豔豔問。

「要啊，有神有保佑。」我說。

「神有管貓喔？」豔豔問。

「怎麼沒有？萬事萬物都歸神管。」我的聲音變得很小。

「貓跟狗死了會投胎嗎？」豔豔問。

「我想一想。」我不是很確定。

「會變成人嗎？」豔豔問。

「會喔。」我說。

「怎麼證明？」豔豔問。

「有人長得很像貓，有的像狗，有人長得不像但個性很像。」我說。

我們接著經過鴻亞西服社、建國水電行、修改衣褲的、義錦米店飼料行、金寶佛具店……。我感到陣陣暈眩，心旌搖動，這氣味讓人忍受不住。

「你真的相信輪迴嗎？」豔豔問。

「我亂說的。看到你，我就想……」我吞吞吐吐，喉嚨哽了哽。

「想什麼？」豔豔問。

「有來世真好，希望有來世。」我有點羞赧。

「你在撩我嗎？」豔豔眼珠閃出光芒。

我身體隱隱熱了起來，轉過身，低下頭，輕輕地跑開了。

36

本能還在鬧

美好嫁妝寢具行平常賣得最好的是床罩、枕頭、蚊帳、各種草蓆；最有名的是新娘十二件禮，包括：子孫桶、洗衣板、裁縫盒、漱口對杯、毛巾組等等，遠近馳名。店內的裝潢用朱紅、玫瑰紅、粉紅、杏紅……，深深淺淺的搭配，看起來非常喜氣。

店貓戀戀，最愛打扮，每天花兩、三個小時理毛，一身黑色的毛髮光順油亮，彷彿滑潤的綢緞。只要有公貓靠近，戀戀金黃色的瞳孔便瞇起來，主動地與對方眼神交會，深深注視。接著開始嬌聲嬌語，扭頭擺尾，忽動忽靜，姿態百出。

這一帶的公貓，經常被戀戀的凝視撩撥得意亂神迷，想盡辦法接近。戀戀從不拒絕和牠們互相磨蹭、舔毛，留下彼此的氣味。

牠們好像忘記了，已不能生育的事實。

37 殺

被召喚起狩獵和防禦的本能，曾經有的教養便消失了。貓也是這樣。

38 無所畏

貓和烏秋、鵝一樣，只要感覺受到威脅，不管是人、狗、蛇、熊、鱷魚……，什麼都敢攻擊。

39 死了就死了

天氣炎熱，東北方烏雲黑壓壓的一片，雨要下不下的，氣壓低得讓我喘不過氣來，頭腦昏沉，心臟悶痛。阿丁伯應該也是這樣。

這個天就是這樣，雨落下來就好了，身體不舒服大半天，最終竟連一滴雨也沒有，太不值得的受罪了。

人死了，還活著的人就會說：他回到天主的懷抱，去菩薩那裡，回歸自然了。

和死者有仇怨的人就會說：這惡人終於死了，報應來了，一定是下地獄了。

人死了，很多人會哭；貓死了，其他貓躲得遠遠的。

人們會在清明節祭祖。很多人家裡擺著祖宗牌位，覺得他們會回來，會庇佑子孫。其實根本沒那回事，都是活著的人的想像。他們只是自己安慰自己而已。

祖先是什麼？貓不在意。

貓死了就死了。

40

安息吧老緬

說到死，便想到老緬。

牠最初是從嘉陽公寓領養過來的，本來是40號龍壽棺木店的貓，棺木店被房東郭代書用不斷漲價的方式逼走之後，改租給現在的福康便利商店。因為彼此不嫌棄，老緬就安然的留下來，成為這間店的貓了。

老緬其實沒有很老，大我不了多少，不過身體確實不太好，鼻頭灰灰乾乾的，常有眼屎，身體瘦扁，毛色也很黯淡。牠總是說：「我還有一年多，我老爸就是活到八年半死了，媽媽不到五年，我已經活了七年多。」

「你有什麼病嗎？」我問老緬。

「牙齒痛，喉嚨痛，不是鼻咽癌就是喉癌，以前太愛大吼大叫了，叫整夜，現在報應來了。少年時不會想，來不及了。」老緬一副悔不當初的樣子。

「我有印象，你有參加什麼左街右街、上街下街的大亂鬥，又和興立電子廠嘉陽公寓的那群貓、狗鬧很久，幾天幾夜不睡覺。」我說。

「為了我們這條街的面子，一定不能輸。」老緬說。

「沒有人要你代表我們這條街。」我說。

「少年時不會想，快死了才知道一切都是空，貪嗔癡都好笑。」老緬說。

「這樣啊。」我說。

「你知道嗎？老了沒人理，有事不通知，聚會不邀請，看到我假裝沒看到，問什麼都不說，或者隨便應付。在街上看到貓聚在一塊，我一走過去，牠們就散開，好像我身上帶了什麼病毒，還是早就該掛了。」老緬說。

「你嘴巴愛說個不停，又愛教訓年輕的。」我說。

「那個叫經驗傳承，很多事我都經歷過的，看那些年輕的做錯了，走冤枉路，大驚小怪，我是一片好心，好心，明白嗎？」老緬說。

「老貓要自愛，少說一點，別討年輕的貓厭。」我說。

「也是，畢竟大家都是被改造過的貓。我的基因只讓我活八年多。」老緬說。

「真的假的？」我說。

「這是上帝的旨意，祂要人類這麼做的。」老緬說。

「……」我無言以對。

「就像有些車，時間到了車頂天棚就會掉下來，皮帶會裂，塑料會粉碎，電子系統會故障，甚至再也開不動，就是告訴你時間到了。」老緬說。

「你懂車？對了，東興大樓的妮妮不是比你大很多？牠看起來很年輕。」我說。

「牠是比我大，裝年輕幹嘛？妮妮每天吃這個藥那個藥，還上健身房，做按摩，打針拉皮什麼的，自然嗎？那個怪模怪樣，看起來真狼狽。老了就是老了。」老緬說。

「妮妮為了漂亮，常常去濱江花店偷吃花，玫瑰、百合、菊花、康乃馨什麼都吃。」我說。

「母的愛漂亮，還不是我們這些公的害的，沒事說母的怎樣怎樣，對牠們指指點點。」老緬說。

「結果妮妮真的有美嗎？你感覺。」我說。

「中毒到快死掉。」老緬說。

「也是牠主人要這樣的。牠主人以前做電子花車舞台秀的，習慣這樣。」我說。

「不自然嘛！現在我每天最重要的事，就是搞自己的身體，夠忙的。視力模糊，牙齒搖動，關節發炎，腸阻塞，攝護腺腫大，這邊搞好那邊又壞了。」老緬說。

「我好像也有這些毛病。」我排便不順已經好幾天了，腹部脹起來，坐立難安，感覺快塞死了。

「你還有點神經病。」老緬的臉孔變得有點曖昧。

「你怎麼看出來的？」我說。

「誰不知道你神經兮兮。不過這也沒什麼，哪隻貓身上不帶病，有的病在五臟六腑，有的在四肢，還有的在腦袋，誰沒病？」老緬說。

「果然有智慧。」我說。

「我平時去太子公園，是為了問問那些老傢伙，這個病要怎麼醫，哪裡的草有效。吃草就能好，這樣最好。」老緬說。

「你不是就住在大仁西藥房隔壁兩間？」我說。真希望能要到瀉藥，人可以吃，貓應該也可以。

「貓跟人類的藥不一樣，何況喜歡我、經常餵我的李藥師外遇跑掉了，李太太不喜歡我，臉很臭。家家有本難唸的經。」老緬說。

「原來還有案外案。」我說。

「我問過一般人怎麼處理死掉的貓。聽說會請寵物店來處理，他們會介紹專門做這行的。現在有寵物安樂公司，會幫忙火化，裝罐，再放到靈骨塔。罐子上還可以貼照片，很精美的。每年還會作法事、唸經。有的還可以用骨灰做成項鍊、戒指，隨身佩帶。不錯吧，死後還能這樣。」老緬說。

「有情有義。」我無限感慨。

「有的貓死在路邊，沒人管，通知主人也不理會，那就要靠好心人了。還有的主人隨便用塑膠袋包一包，丟到垃圾車。」老緬說。

「真恐怖，一隻貓一款命。」我會怎麼死呢？死在哪裡呢？

「我們這種身價高的貓，毛病多，很容易死。商人不要我們活太久，活太久就沒生意了。就好像車子不能開太久，燈泡不能亮太久，電視、冰箱、洗衣機都不能太堅固，如果用不壞，就沒生意做了。我說得對不對？」老緬說。

「好像有道理。」我說。

「你沒事來太子公園陪我聊天，我如果說不停，就打斷我。有時沒有想到自己說太久，只是想把話說清楚。一旦話長了，你要提醒我，老了要自愛，別討人厭。」老緬說。

「好、好、好。」我說。

後來老緬很久沒出現了，應該是死掉了。不知道是放在靈骨塔，還是被用塑膠袋包起來丟到垃圾車，總之是不見了。

我曾經夢到老緬在教堂裡唱歌。牠穿著白色長袍，肩上套著倒三角形紅磚色的披肩，領口下有支銀灰色的十字架。牠和一群面孔純潔善良的老人、神情哀老的貓，雙手合十，舉在胸前，很真誠地唱著〈You Raise Me Up〉那首聖歌。

41 客人來不了了

阿丁伯與雄哥坐在店裡。阿丁伯戴著老花眼鏡，拿著一本發黃的、爛爛的筆記簿，用筆在上面畫啊寫的。

「忠仁伯去年底死去了，敏添已經住到老人院沒辦法來。」雄哥說。

「忠仁伯死啦，我有去拈香嗎？」阿丁伯一臉茫然。

「有啦、有啦，我載你去的，你忘記了。」雄哥說。

「伊身體最好的說，做兵的時候行軍五百公里只有他沒有倒，也是柔道高手，單槓可以拉一百下。」阿丁伯說。

「你講過一百次了。」雄哥說。

「敏添紅露酒可以喝半打，以前這個庄伊算第一名，我甘拜下風。」阿丁伯說。

「你也夠強，掉在水溝兩次，睡在街上一次。」雄哥調侃。

「嘿嘿嘿，少年時，也是勇。」阿丁伯笑說。

「里長說會來陪你們，木添叔、郭代書、魚頭仔主委、文祥伯都沒問題。對了，劉科長家裡不給他來，說上次喝完回去，送去病院吊點滴。」雄哥說。

「他是太高興了，心情激動。這樣的話，今年請沒兩桌人了。」阿丁伯說。

「算算沒有了。」雄哥說。

「唔，一年一年少。」阿丁伯的聲音有點乾澀。

我想起小時候曾在街上風神的幾隻貓，像能吃掉一隻雞的大貝，風騷的貴婦黑妞，陰險的約翰，動不動就罵人的瑪琍，都不在了。貴婦黑妞是難產死的吧？約翰是中毒吧？牠們一個個退出了福康街，消失了。有時走在街道上，彷彿還看到牠們的身影，尤其是肥壯的大貝，雞的身體跟牠差不多大，怎麼吃下去的。

「沒關係啦，來幾個算幾個，還是兩桌，我會找人來陪。」雄哥說。

「最早過生日可以請到五桌，五桌對吧？」阿丁伯說。

「祥園餐廳五桌坐滿滿。」雄哥說。

阿丁伯放下筆記簿，閉上眼睛，臉皮鬆垮下來，仰躺在籐椅子上，好像很累的樣子。

雄哥過去把他手中爛爛的筆記簿拿走。

「李廠長呢？欽明兄不能來了，根德牯也不在了，真的喔。」阿丁伯聲音微弱的說。

雄哥看看筆記簿裡的名單，皺了皺眉頭，拿起筆，把上面的名字再畫掉幾個。

「還在的我會去聯絡看看。」雄哥說。

最近不見的老緬，在街上被撞死的麥克，讓我感觸很深。麥克和我一起長大，雖然有點下流，常常做些小壞事，話術很多，但總是有感情的，尤其牠死的樣子，看過就忘不了。牠的屍體躺在街上好幾個小時，主人不肯出面，還是顏里長倒一些砂上去，用畚箕和掃把，把牠掃起來的。

「人生很快齁。」阿丁伯喃喃的說。

「不要講這個啦，過程很高興就好了。」一旁的阿星嫂接話說。

「一代一代啊，就是這樣。」雄哥說。

阿丁伯睜開迷濛的眼，隔著髒髒的鏡片看著兒子。

「跟你一起打麻將的還有不少個，我去問問看。」雄哥說。

「人生很快齁。」阿丁伯喃喃的說。

「你老康健啦，勇伯啦。」阿星嫂提高聲音說。

雄哥還不到四十歲，正值人生的巔峰，不能了解阿丁伯和我的心理，說話總是敷衍，也不想我們也曾年輕過，他也會老。

42 貓的裝飾

今天要穿哪套衣服出門？戴上哪副面具？說哪套台詞？

桂妃美容院的女主人每天早上起床，就在鏡子前試穿上衣、褲子、裙子，換了一件又一件，還可以的放在床上，不滿意的丟地上。興立電子廠的潘主任，打開衣櫥，也為穿什麼襯衫、長褲，打什麼顏色領帶煩惱。鴻亞西服社的師傅，經常翻閱時尚雜誌，收看時裝秀節目，想著要怎麼跟上潮流，才能讓年輕人願意到店裡來，做一、兩套時髦的西裝。

美好嫁妝寢具行甚至有賣往生者最後的衣物，中式的、西式的，古裝的、現代的，男女老少的都有，每一套看起來都精美華麗。

貓不用這麼辛苦，我們只有一套，每天弄乾淨就好，不必化妝，沒有面具可以戴。光這樣不變的裝扮，就讓許多人充滿想像，著迷不已。貓只要發出

「喵——喵——」聲音就好，無論是喜、怒、哀、樂、愛、惡、欲，只要變化聲調，拉高或降低，短促或拉長，就可以表達意思，不像人那麼麻煩。人們說話，內容複雜得不得了，要弄懂很不容易，各地區各國家的語言又不一樣，彼此完全聽不懂，他們經常為語言、為腔調打起來，真是無聊。

43 凝視

貓常常十分專注地凝視遠方，眼神炯炯，讓人以為牠在注意某個事物，觀察某種情況，有時候嘴巴還唸唸有詞，發出古怪的聲音。其實牠是看錯了，誤以為看到了什麼。不久，大部分貓就會放棄凝視。

44

皎潔月亮照著的夜晚

深夜兩點多了，無風，天上的月亮又白又大，銀光灑在街道上，看起來寧靜、潔白、優美。

從恆昌雜貨店三樓的逍遙之台上，看得到幾顆像鑽石一樣的星星，晶晶亮亮。偶爾也有來自幾萬年前的流星，一閃一滅匆匆畫過天際。薄薄的雲來了，又消散了。

三色貓踱步靠近，陪我說了兩句，覺得無聊就走了。豔豔走了又回來，安安靜靜的坐在旁邊。

這樣的夜要說什麼呢？

一群男女從野靈魂走出來，搖搖晃晃的，他們互相擁抱，臉貼著臉，然後分開，擺手再見，分別走向兩輛車子。留下來的兩個男人，一個戴黑框眼鏡，一個光頭，轉身又抱在一起，然後接吻。好久、好久才分開，兩人手牽著手，朝銀亮的上街走去。

隔了一會兒，忽然一陣機車引擎聲響起，嗯——嗯——，急速的由上街衝下來，三、四個年輕人，騎著炫麗的車子，飆過寧靜、潔白、優美的街道，留下一股青煙，久久沒有散去。

豔豔打了個盹，睡眼惺忪，我挪挪肩膀換了個姿勢。

「要回去了嗎？」我說。

「不要，還不要。」豔豔慵懶的說。

45 百憂解

現在的人類，身上長了很多尖刺，又不得不聚居在一起生活，總是互相刺來刺去。所以他們看到貓、狗很開心，暫時忘了煩惱。

我們看起來憨厚、無害（他們以為），身上沒有尖刺，對煩惱好像一無所知，沒有壞情緒。這真是天知道。

46 貓、狗、人

人類的毛色單調，只有黑的、白的、黃的、褐的，毛量又少，跟豬差不多，不像貓、狗、魚、鳥那麼豐富，千變萬化。人類在意我們皮毛的顏色，其實我們根本不知道自己的顏色，人類用鏡子讓我們看到自己，但就算看到了，也沒感覺。皮毛重要嗎？有什麼意義？

人類的體型大大小小，高高矮矮，胖胖瘦瘦，長得其實差不多，貓也是這樣。狗就差很多，有的狗比人還高壯，有的可以抓在手裡，重的一百公斤，輕的兩公斤不到，實在很誇張。不知道為什麼會這樣？是野生就這樣嗎？還是人類要我們變成這樣？

47

臭的意義

人死掉以後非常臭，比貓、狗、鳥、老鼠都臭。

這麼臭據說是為了吸引吃腐肉的動物，讓他們死後可以被吃光光，可以被充分利用，還給大自然。可惜後來發明了棺材、墳墓，屍體包得緊緊，埋得深深，味道跑不出來。火葬更是糟糕，再好的屍體，也變成灰渣，完全沒有用了。現在的貓跟人一樣，也火葬了。

48 正派的貓

「東興大樓的賓士貓好紳士喔，說話字正腔圓，態度沉穩莊重，不喜歡嘻鬧。」戀戀說。

戀戀的毛髮烏黑濃密，隨著身體的擺動，還會不時閃現出光澤。

「牠總是整整齊齊，目不斜視。」我說。

「對啊，跟我說話時感覺距離好遠，面無表情。」戀戀說。

「你也有失敗的時候。」我笑說。

「真是的！」戀戀跺了一下右前腳說。

「牠的主人身分很神祕，住在東興大樓頂樓，據說是維護國家社會安全的。」我說。

「牠竟然跟我說，要為國家民族做點事，要有奉獻犧牲的精神，好古典的詞彙啊。」戀戀說。

「那家有人殉職，放在忠烈祠，聽說是老師。」我說。

「怎麼回事？」戀戀說。

「帶學生出去郊遊，被蜜蜂叮死了。」我說。

「真可怕！」戀戀尖聲的說。

「賓士貓的年紀跟我差不多。」我說。

「牠感覺有點瞧不起我們。為什麼要這樣活啊?!」戀戀金黃色的眼珠眨啊眨的。

「每隻貓想要的不一樣。」我說。

49 到底是誰經過

郭代書和顏里長站在鴻亞西服社的門口說話。

鴻亞西服社的俄羅斯藍貓鏘鏘，是街上最有活力的貓，最近牠都不在，據說是胃病住院了，也有人說是去配種。

郭代書兩手不停地揮舞，身體一下前彎一下往後仰，大肚子一下突出一下縮回。顏里長雙手插腰，抿著嘴，臉色難看。

「跟你說那個不是福康安，是嘉慶君，怎麼講不聽！」郭代書說。

「那是專家說的啊，歷史有記載，教授說的啊，有開過會的。」顏里長解釋。

「啥米專家、教授，什麼都不懂！我在地的呢，八、九代住這裡的人，會輸他們？比他們還不知影？」郭代書圓滾滾的眼珠充滿怒氣。

「說實在，嘉慶君沒有來過台灣。」顏里長說。

「你怎麼知道！」郭代書說。

「那個故事是假的啦，亂套的啦，還有人說昭和天皇做太子的時候來過這裡。」顏里長雙手一攤。

「電視都有演，廣播都有播，李勇、王發陪他微服私訪，全台灣走透透，聽有嘸？電視那些是裝痟仔喔？」郭代書口氣愈來愈不好。

「……」顏里長一時語塞。

因為他們聲音很大，斜對面萌朵水果飲茶店的橘虎斑以為發生了什麼事，急急走出來，抬起頭看了看，聽了聽，慢慢坐了下來。

「我跟阿丁伯最近人都不爽快，你不改過來，總有一天，總有一天！」郭代書說。

「不要這樣啦，你們都是地方的頭人，老輩的，誰敢不尊重你們。」顏里長說。

「你，你有尊重喔？」郭代書質問。

顏里長褲袋裡的手機忽然響了。「菸一支一支一支的點，酒一杯一杯一杯的乾……」是茄子蛋樂團最近唱紅的歌曲。

顏里長抹抹臉上的汗水，拿起手機，歪著身體：「歹勢，歹勢。」

郭代書眼睛睜很大，雙手插在肥肥厚厚的腰上。

一會，渾身髒兮兮、半張著嘴的編織貓，從街道那頭搖搖晃晃的走過來，也坐下來，身上不知為何飄著水溝味。

「鴻亞西服社的老闆長得真的有像。」橘虎斑說。

「你也看出來了。」編織貓說。「有人說他是董仔的私生子，他媽媽去董仔家做清潔工，打掃的，後來肚子大了，被董仔的太太趕走。」編織貓說。

「董仔的太太不是癌症死掉了，怎麼沒有娶他媽媽？」橘虎斑說。

「男人都要年輕的啦。他媽媽也有另外結婚，只是後來沒有在一起。」編織貓說。

「好啦、好啦，沒問題，明天就會去施工。這件事情很難說啦，有時候三天，有時候一禮拜，要看天氣。」顏里長說。

郭代書嘴裡喃喃唸著，氣噗噗的掉頭轉身，還順勢踢了旁邊的橘虎斑一腳，還好牠閃得快。

顏里長一邊講電話一邊向他揮揮手。

「總有一天，總有一天！」郭代書嚷著。

「有去驗ＤＮＡ嗎？」橘虎斑問。

「聽說有去講過，董仔的兒子出面處理，給了一筆錢，所以他才能買街上的店面，還有投資，潘主任那間興立電子工廠他就有股份。」編織貓說。

「很會賺錢。」橘虎斑說。

「沒有啦，聽說在台北市混不好，開茶飲、餐廳賠很多，才回這裡開西服店。」編織貓說。

「確實長得很像，聽說有特意模仿，要理髮師傅理和董仔一樣的髮型，說話也有學。」橘虎斑說。

「這件事沒有幾個人知道，鄰居才有第一手資料。」編織貓說。

「里長知道。有幾次母子去和董仔見面，里長陪著去。選舉時，董仔也有贊助。曾有人跑去問里長，他還生氣罵人。」橘虎斑說。

「果然知道的比我多一點，記得週刊和電視有報導過。」編織貓說。

「怕人知道。」橘虎斑說。

「後來又去鬧過一次，錢賠光了，還想要。結果驗了DNA，只是長得像而已。被告了，有判刑。」編織貓說。

「真是糟糕！」橘虎斑說。

「是他媽媽自己記不清，一直以為是。」編織貓說。
「顏里長好像有去法院作證，真是丟臉。」橘虎斑說。
「也可能DNA被掉包，董仔那幾個兒子很厲害。」編織貓說。
「貪心。」橘虎斑說。
「他媽媽年輕時候很漂亮，男人受不了。當董仔地下太太很多年，這是大家知道的事。」編織貓說。
「是大家亂說的吧？」橘虎斑說。
「是真的。」編織貓說。
「你的腦袋天天都在想這些嗎？」橘虎斑說。
「嘻嘻嘻。」編織貓笑一笑。
「我覺得很多事不是這樣，被你一說，其他人才跟著說。」橘虎斑說。
「嘻嘻嘻。」編織貓笑得更開心了。

50 名實不必相符

陽光實在很舒服，我散步到太子公園，萌朵水果飲茶店的橘虎斑正在那裡理毛。難得公園裡沒有什麼人，應該暫時不會被趕，我便在草地坐下來，也曬曬太陽，理理毛。

橘虎斑看到我便走了過來，好像想說什麼。

我看看牠說：「少年的，早安啊。」

橘虎斑遲疑了一下，開口說：「太郎，說實在，你的名字真好，簡單明瞭。」

「祖傳的啦，貓不在意名字，大部分貓不知道自己的名字是什麼意思，只記那個音而已。你的名字才好聽，虎斑，這麼有力量！」我說。

「我身上的條紋好奇怪啊，黃色、棕色條紋，又夾雜一點白。」橘虎斑低頭看看自己的身體。

「所以叫虎斑啊，像老虎一樣威風。」我說。

「有種蘭花叫虎斑蘭，有種蝴蝶叫虎斑蝶，還有一種虎斑狗，圖案都很像。很多人類也穿虎斑大衣、洋裝、還有虎斑的包包、圍巾、首飾。」橘虎斑疑惑地說。

「人類是模仿的啦，他們的皮膚最單調無聊，黑黑白白黃黃褐褐，比不上貓和狗，跟鳥比更是差太多了！」我說。

「其他動植物也有虎斑紋，真是太神祕了。」橘虎斑說。

「你這樣說我才發現，你要很高興自己有萬獸之王的花紋。」我說。

「人家都以為我長這樣會很兇、很暴躁，像老虎一樣，我偽裝了好久，覺得很討厭。」橘虎斑說。

「不必這樣啦，偽裝很累。誰說虎斑就要很兇，很多人的名字叫聖賢卻一點也不聖賢，叫忠義一點也不忠義，女的叫瑪麗亞，一點也不慈悲，還有叫大衛、保羅的，也做了不少壞事。」我說。

「說得有道理。」橘虎斑說。

「做你自己就好。」我說。

「真高興聽你這麼說，果然是老前輩。」橘虎斑說。

「那邊好像有人在瞪我們了。」我說。

「走吧，趕快走吧！」橘虎斑迅速垂下尾巴，灰溜溜跑走了。

其實我不確定那人是不是在瞪我們。看牠逃走的姿勢，果然名不符實。

51

愛人的眼睛

初夏，濕熱的氣流，帶來連續幾天暴雨，福康街的水溝滿起來，汙泥淤積，破損的招牌掉落，樹葉與垃圾散布，路上飄著土腥味。

雨後，天清了，深黑的夜空，每顆星星彷彿被反覆擦洗過，晶亮、璀璨，像胭脂貓哭過的眼睛。

誰還記得胭脂貓？濱江花店早已換了一隻新貓，叫瑪莎。現在這個世上，只有我和胭脂貓曾經接觸過，我不在了，就沒有貓會記得牠了；久了，也沒有人知道我了，就像我記得的那些街上的前輩一樣。我們的存在，是拂過福康街的一陣飛塵。

52 活著的任務

賓士貓慎重的邀請我到東興大樓，我準時抵達。原以為是要去牠家拜訪，結果是沿著梯子，來到頂樓的大型混凝土水塔上。這裡是福康街的最高點，可以俯瞰整個街道，從太子公園、左街、右街，上街、下街到蕭王爺宮一覽無遺。也可以眺望遠方的嘉陽公寓、興立電子廠、市鎮、高速公路、綠色山脈和藍白色的天空。

站在最高處不容易，這裡風很大，很多地方長著苔蘚，這裡一灘那裡一灘積水，濕濕滑滑，氣味也和平地不一樣。我一直覺得自己身體歪斜，腦袋發暈，眼冒金星，膝蓋發軟，快撐不住了。

這個地方不是我這種普通貓該來的地方，難道賓士貓不知道嗎？

賓士貓語調嚴肅的問我：「一隻貓活著的任務是什麼？」

「什麼任務？」我一頭霧水。

「你是要追隨這個時代，還是俯視這個時代？」賓士貓有點咄咄逼貓。

「啊？」我依然不解。

「等你想清楚了再告訴我。記住，你是覺醒的。」賓士貓說得鏗鏘有力。

「我、我搞不清楚耶。」我吞吞吐吐。

「底下那些都是睡著的平民百姓，庸脂俗粉，不知死活的貓貓狗狗。」賓士貓一臉睥睨。

「我很沒用，也是底下那群貓貓狗狗裡的一份子，真的。」我說。

「你沒有站在這裡過吧？這裡視野很不一樣吧？」賓士貓問。

「我不知道可以來這裡，真的很不一樣。」我說。

我蹲了下來了，壓低身體，伸出爪子，抓撓著水泥地，讓亂跳的心臟、發硬的喉嚨平靜下來。

賓士貓笑了笑說：「等你想清楚了再告訴我。」

我吞了吞口水，聲音乾澀的說；「我們下去吧。」

53

愛跳舞的樹

風大的時候，我最喜歡看街道上的一棵樹。

它的枝幹向四方延展，枝枒柔軟，風來的時候就會隨之搖動。風徐徐吹就輕輕搖曳，風猛烈時就忽上忽下、忽左忽右的狂亂扭擺。不論風大風小，幾乎每片葉子都細碎的翻動，黃綠、鮮綠、墨綠，那樣繽紛，如此讓我陶醉。

54

很鬧

「那個傢伙又在玩狗追球了。」橘虎斑說。

每逢星期六、日，福康街大約有一百公尺會封起來，做為假日市集，讓遊客可以安心的逛街。這時顏里長就會帶著他的哈士奇哈利，跟吉利機車行的拉不拉多Lucky，大仁西藥房的臘腸狗愛麗絲，保力養生食品行的紅貴賓西西，星光燈具的柴犬庫洛等等，出來丟球玩。

「沒事喜歡讓狗跑來跑去。」橘虎斑說。

顏里長拿出幾顆塑膠球，在手上晃啊晃的，身前幾隻狗張大嘴，伸出舌頭，喘著大氣，熱切期待著。里長把球往前一扔，狗們便興奮的衝向前去。

「真是太無聊了。」我說。

「球是人類發明給自己玩的，不知道狗為什麼那麼瘋狂。」橘虎斑說。

「籃球、橄欖球、躲避球、足球、棒球、羽毛球、乒乓球、高爾夫球，玩成明星就可以大富大貴，真不可思議。」我說。

「只是玩球而已。」橘虎斑說。

「只是玩球而已，人類比狗還瘋。」我說。

那幾隻狗衝來撞去，引起陣陣驚呼。搶到球的趕緊跑回原處，向顏里長報功，其他狗不甘願的緊緊跟在身後。

顏里長從搶到球的狗嘴裡掏出球，然後伸直手臂，把球高高舉起來，幾隻狗又開始亢奮，東跳西跳，大呼小叫。滿臉汗光的顏里長作勢要丟出去，狗紛紛向前衝，臘腸狗愛麗絲還滑了一跤。衝出去的發現沒球，又轉回來，比較聰明的留在原地，眼睛緊盯著球。顏里長又做了個假動作，狗群跳了一下，幾次之後，才真的猛地把球丟出。狗群氣喘吁吁，汪汪叫著衝出去。

「這樣好玩嗎？」橘虎斑說。

「傻！」我說。

「政客那一套。」橘虎斑說。

「會鬧。」我說。

「也別笑牠們，要是拿逗貓棒或小跳球，你也擋不住。」橘虎斑說。

「要看心情，還有誰在撩。」我說。

「也對，傻的才會忍不住。」橘虎斑說。

55 快速的撩動

有些人拿著逗貓棒來惹我。

比較有趣的棒子，我會配合演出，跳上跳下，左搖右擺，飛抓，撲打，追逐，翻滾，讓逗貓的人滿臉笑容，驚喜不斷，充滿成就感。

但最不喜歡聽到的是：「這種年紀和身材的貓，竟然還會玩這個。」

而若是意興闌珊，只是盯著不斷舞動的羽毛、絨毛球、彩條，沒有動作，人們又會說：「這貓是不是太老，還是有病。」

56

刺上想要的圖案

豔豔來到逍遙之台，要說沒有看到牠肉色微紅鼻頭上的「卐」字刺青，真的是睜眼說瞎話。

「黑鬍子咖啡館還會再辦法會嗎？」我說。

「那個不是法會啦，只是開示講道。」豔豔說。

「還有辦嗎？感覺不錯。」我說。

「不辦了，頂哥覺得不敷成本。對方太會算了，場地、茶水、水電、布置都是我們自己付，收入不夠，賠了不少。」豔豔直直地盯著我說。

「沒得商量減價嗎？」我說。

「沒有，他們還罵人，說這是無上功德，沒有在談錢的。信眾聽到某句話而開悟，可以解開煩惱，甚至影響一生。」豔豔說。

「不是金錢可以衡量的。」我說。

「對、對、對，她就是這樣說，你好厲害喔。」豔豔還是盯著我。

「然後呢？」我說。

「頂哥後來找了刺青師傅來店裡。這裡太鄉下，很多年輕人想刺青找不到地方，這下方便了，這位師傅是高手。」豔豔一直追逐我的眼光，不讓我逃。

「那不是很麻煩，需要很多機器。」我說。

「工具啦，不是機器。你今天一直用錯詞語。這裡只做小型的，大片的要去師傅的店，潘主任讀國中的兒子介紹了好多同學來刺青，那兒子上道。」豔豔說。

「飆車的那個？」我說。

「是啊，還年輕嘛，長大就好了。不錯齁？」豔豔說。

「什麼？」我說。

「人家的鼻子啦。」豔豔說。

「你信佛教了？」我說。

「不是啦，笨蛋！這是納粹的黨徽，佛教的那麼遜！」豔豔歪過頭去。

「納粹！頂哥說可以嗎？」我說。

「他才喜歡呢。他住的地方，一大堆納粹的旗幟、軍服、海報、武器模型。」豔豔說。

「這麼恐怖。」我說。

「做買賣啦，很多年輕人跟他買。頂哥說這裡的人太娘炮，男人不像男人，女人不像女人，有機會他要幹一番大事業。」豔豔說。

「天啊！」我說。

「大家都很崇拜他。」豔豔說。

「不是說只是做買賣？」我說。

「不只這樣喔，我知道他不是普通人。」豔豔說。

「你的刺青好看，真的。」我說。

「嘻嘻嘻，太郎不會騙人，是最忠厚的老前輩。」豔豔的眼睛終於放過我了。

我也笑了，盡量擺出真誠的表情，由衷發出讚美的模樣。豔豔真的高興了，牠只是缺乏信心，需要別人讚美而已。而且既然紋了就紋了。那個到死也擦不掉，活該。

肥
貓
光
普

57 思想卑微的貓

上次賓士貓問我，一隻貓活著的任務是什麼？

我思考了很久，想有機會的話要來好好反問牠一番。這天終於又在街上遇見了。

賓士貓仍然儀表端正，全身毛髮一絲不亂，走路四平八穩，態度從容。這樣的神態和我完全不一樣，人有百百種，狗有百百種，鳥和蟲有千千種，貓也一樣。

「賓士貓！」我喊他。

「太郎兄好，今天精神不錯啊。」賓士貓說。

「我問你，你為什麼叫『賓士貓』，我為什麼叫『太郎』，你沒有想過嗎？」

我搶先發問。

「沒有想過，太郎兄怎麼了嗎？」賓士貓的聲音永遠字正腔圓，不疾不徐。

「我們為什麼要被人類這樣叫，並且接受，難道不能自己命名嗎？貓有貓的辨認法。」我拋出疑惑。

「我沒有想過這個問題。」賓士貓看著我說。

「你從不懷疑，我們為什麼是這樣活著嗎？」我又問。

「太郎兄，我們不應該被這種褊狹的思想影響了心志，亂了腳步，應該向前看、向好處看，走正道。」賓士貓說。

「正道？」我不了解這個話的意思。

「心正，行為就不會偏差；社會有秩序，才會穩定。不要懷疑這懷疑那，安居樂業，把持住想法，別找自己的麻煩。太郎兄，要想想自己對家有什麼付出，對其他貓有什麼幫助，對福康街有什麼貢獻，要找到存在的價值，如果沒有，就會懷疑自己，懷疑別人。」賓士貓說得義正詞嚴，好有層次。

「付出？幫助？貢獻？」我還是不懂。

「別只關心自己，這世界是靠努力的人在進步，而不是靠充滿懷疑、找不到意義的人，不是嗎？」賓士貓說。

「我們是人類的奴僕。」我說。

「你可以離開啊，很多貓就這樣做。」賓士貓說。

「離開恆昌雜貨店？」我問。

「是啊，這也是一個很好的選擇，做自己的主人。」賓士貓說。

「我沒有那個能力。」我說。

「至少有那個想法，太郎兄。」賓士貓說。

「我沒有那個能力，也從來沒這樣想過。」我說。

「太郎兄啊……」賓士貓嘆息。

我垂下頭，撇過頭去。我不想再聽到那字正腔圓的聲音。本來想嘲弄一下牠的。

跟賓士貓比較起來，我的腦中像是充滿垃圾，嘴巴說出的每一個字都不標準，做過的每一件事都微不足道，只是個惹人嫌的傢伙，更何況這一生已經過了大半，不能改變了。

58 太豐富的人生了

我們站在萌朵水果飲茶店前，仰著頭，看招牌上列了一行行密密麻麻的飲料名稱。

橘虎斑唸給我聽：

清馨香片姍姍，四季黃金新芽，霧邱半熟奶茶，琥珀香柚茶，暖心黑糖波霸，美顏覆盆子大吉嶺，小岩櫻花清茶奶霜，布雷奧拉奧奶昔茶，甜蜜夢幻蘇打綠，火山荔汁風味茶，蜂蜜普洱鮮珍珠奶茶，特調蘋果醋大紅袍……

「你要哪一種飲料啊？」橘虎斑問我。

「我要看看，等我看看。」我眼花撩亂。

「霧邱半熟奶茶、琥珀香柚茶、甜蜜夢幻蘇打綠、特調蘋果醋大紅袍，都可以考慮。」橘虎斑脫口唸出。

「你都背起來了？」我驚訝的說。

「不知道為什麼，食物和飲料的名字，講一次就記住了。」橘虎斑說。

「神貓。」我說。「霧煞煞，你幫我挑一種好了。」

「好吧，那就暖心黑糖波霸。你要正常冰、少冰、微冰、去冰、完全去冰？」

「啊——啊——」我心裡大叫。

橘虎斑快速地問。

「你要正常糖、半糖、少糖、微糖、無糖？三分熱、五分熱、七分熱、全熱？」橘虎斑又問。

「啊——啊——」我張大嘴，腦中一片茫然。

在看品名時，已經有好幾位年輕客人點好飲料，也有人拿走五顏六色的杯子。橘虎斑問我多少冰、幾分糖、溫度如何的時候，又來了幾位小學生。

「很多人每天都要喝，有時候還一天喝兩、三杯。」我說。

「有些女生不吃飯，只喝手搖珍珠奶茶。」橘虎斑點點頭。

「真羨慕。」我說。

「你到底要哪一種？要正常糖、半糖、少糖、微糖、無糖？」橘虎斑問。

「怎麼辦啊？這些到底是什麼飲料？」我結結巴巴的說。「沒有可樂嗎？或者黑松汽水、蘋果西打。」

「你真是古代的人。」橘虎斑說。

「……」我傻笑。

「你還記得小牛嗎？」橘虎斑問。

「之前桂妃美容院的。」我說。

「有一次牠找我去美容院玩，還帶我上二樓的喜愛寵物店。好誇張啊，自動餵食器、貓跳台、貓抓板、尿墊、衣服、裙子、玩具，什麼都有！」橘虎斑說。

「那有什麼好料嗎？」我問。

「一大堆貓餅乾和罐頭，美國的、西班牙的、義大利的。」橘虎斑說。

「天啊。」我口水快要滴下來了。

「好多口味，我唸給你聽：翡翠雞絲蛋、元氣雞湯肉、麥克與傑克、西班牙海鮮飯、夏威夷盛宴、田園雞肉堡、香雞燉滑肝。」橘虎斑說。

「光聽名字就受不了。」我說。

「什麼做的你知道嗎？我唸給你聽。」橘虎斑貓深深吸了一口氣。「鴨肉、火雞、鰹魚、扁鱈雞肉、山野鵪鶉鳥、放牧鹿、鮮兔肉、青蛙肉、麵包蟲、養殖蟋蟀、養殖白鼠。」

「天啊，好像在說相聲。」我說。

「我好不容易選了一項，香雞燉滑肝，結果……」橘虎斑說。

「怎麼？」我問。

「老闆娘說，這些罐頭都不好，鹽和鈣太多，吃了會過敏，食材標示也不夠清楚，身體會吃壞。從今天起，她要親自為小牛做飯，自己做的才安心。」橘虎斑說。

「那些罐頭呢？送人？」我只在意這個。

「老闆娘說要全部銷毀，自己不吃也不要去害別人。」橘虎斑說。

「完全沒有想到我們。」我輕輕嘆口氣。

「聽說你和小牛不好。」橘虎斑說。

「唉，一言難盡。」我說。

「但後來小牛還是死了。」橘虎斑說。

「雖然討厭牠，還是希望牠活著。」我說實話。

「你很有人情味。」橘虎斑說。

「活在世上沒辦法選擇，討厭的死了，喜歡的也死了，自己也就差不多了。」我說。

「也是，不過你想太多了，人世間多有趣，吃的、喝的這麼多。」橘虎斑說。

「你用了太多『人』那個字，我們是貓。」我重重的說。

「不然要用哪個字？貓情味？貓世間？」橘虎斑說。

59

一定會蓋了

蕭王爺宮一進門的右側，有張木頭方桌，桌上面擺了個茶壺，幾個玻璃杯，兩個菸灰缸。桌邊圍了四、五個廟裡的人在說話。

「范縣長和鎮長說要來和大家抬槓一下，先派我這個黑卒走頭前。」顏里長說。

「為了要造紅面媽祖大神像的事？不是開過全鎮的宗教聯誼會了？」王爺宮主委魚頭仔說。

「當時沒幾間廟去啦。」顏里長說。
「誰要去啦！」王爺宮管理員福旺金紙行的清池說。
「有啦、有啦，十幾間有啦。」顏里長說。
「沒一半，不算。」清池說。
「你們樑柱上怎麼這麼多隻貓。」顏里長抬頭，看著我和三色貓。
「那是虎爺，蕭王爺的護駕。」金寶佛具店文祥伯說。
「你不知影？你里長耶！幾十隻，我們廟裡大大小小。」魚頭仔說。
「知啦、知啦。一隻叫庫洛，一隻叫三色，我還叫得出名字。」顏里長指指我。
我叫「たろう」，不叫庫洛，庫洛是街上42號星光燈具行養的柴犬。
「好啦、好啦，十七號那天，主委跟我們六、七個，有問過王爺，王爺沒允准。」清池說。
「再問一次好嗎？」顏里長說。

「這是在開玩笑嗎？」魚頭仔說。

「王爺不贊成建神像，也不贊成出這筆錢。」文祥伯說。

「若是要做阮蕭王爺的神像，卡差不多。」清池說。

「擲了十幾次，沒有就是沒有。」魚頭仔說。

「來啦、來啦，哺菸啦。」顏里長從口袋裡掏出菸，一一遞給大家。魚頭仔拿出打火機，幫大家點了起來。

「十幾年前吳縣長說要建神像，花了五、六千萬，做沒一半；換廖縣長上台，因為帶頭的主委選舉沒有支持他，就一直刁難，只好全部停工，這四年來都沒再動過。」魚頭仔說。

「那裡已變成廢墟，飛砂走石，磚頭、鋼筋被人搬光光。」清池說。

這時義錦米店飼料行的暹羅貓大飛，從屋樑的另一頭出現，牠停住了腳步，看看我們，再看看底下那群人。

「李仔選到縣長又說要建，開了一、兩億，做一半又停工。」清池說。

「李仔沒有誠心，貪汙被抓去關，什麼錢都敢賺，人家叫他李三成。」文祥伯說。

「做神像的錢也敢貪，幹！」魚頭仔說。

「為地方好，做觀光很好啦，到處籌錢很艱苦哩。魚頭仔主委別這樣啦，李仔也有叫你負責水泥、磁磚，你加減也有賺啦！」顏里長說。

「現在鋼筋都爛掉，花草樹木都被挖走了。」文祥伯說。

「王爺宮贊助過兩、三百萬，不是不配合。小間出少，大間出多，大家互相、互相。」魚頭仔說。

大飛向我們使了個眼色，發出輕微咆哮聲，頭往左邊一撇，示意我們追牠。

我和三色貓被底下那群人的談話吸引，遲遲沒有動作。

「縣長和鎮長講要來和大家說明一下。」顏里長說。

「范仔真的會做到完？不會出事？做砂石的很少不出事。」魚頭仔說。

「不要這樣講，我跟縣長不同派不同黨，也是支持這件事，紅面大媽祖的事拖太久，一定要給它完成。」顏里長說。

大飛感覺到我們今天不會跟牠玩你追我逐的遊戲，頓時感到無趣，轉身走了。

「你們是做官的。」清池說。

「不要這樣講，我是民意代表。」顏里長用手掌抹了抹臉。

「那個神不對，我很早就講過。」魚頭仔說。

「哈啾！」

「哈啾！」

底下的人抽菸的煙霧裊裊上升，味道很重而且燻，我和三色貓先後打了個噴嚏。

眾人抬起頭看看我們。

「這兩隻貓看起來怪怪的，表情啦，尤其是眼珠。」顏里長說。

「哪裡怪？」清池問。

「好像聽得懂我們在說什麼。」顏里長說。

「當然聽得懂，在廟裡聽了那麼多經，聞了那麼多香火，給人家拜了那麼多年。」文祥伯說。

「只是不會講，不要講而已。」魚頭仔說。

「暗時會和王爺撒嬌，和天兵、天將說話喔。」清池說。

我和三色貓不約而同點點頭。

「真神，講起來，人不如貓。」顏里長搖搖頭說。

「我們廟應該來做一些貓的神像。」魚頭仔說。

我和三色貓互相看了看，又點了點頭。

「小小尊的就好，排在王爺前面。」魚頭仔說。

「這個建議不錯喔。要做得像虎爺那種，看起來很親切。」清池說。

「不要做成招財貓喔，做那種我就反對。」文祥伯說。

「王爺宮自古早就很多貓，不是故意要做的。」魚頭仔說。

「真的，咱來問問王爺。」清池說。

「好啦，這件事我看以後再說，大家再想想看，我來去啊。」顏里長怏怏的站起來。

「歹勢啦，里長不再坐一下？」魚頭仔說。

「我也很沒空，大家再參詳看看。」顏里長說。

「再來坐。」清池說。

「再來坐。」文祥伯說。

60

神像要換了

日頭赤焰焰，天氣炎熱，廟裡的地磚冰涼，很適合貓坐著或躺著。

坐在木桌旁邊的兩位老人在說話。

「有人建議魚頭仔，說要用這些貓做咱宮廟的吉祥物。」清池說。

「台灣寺廟沒有人做貓的，貓陰陰怪怪。」文祥伯說。

「時代走到這裡了，壞人變好人，好人變壞人。」清池說。
「貓、狗出頭天。」文祥伯說。

「我們要出頭了。」動來動去的大飛貓說。
「要照我們的樣子做耶！」三色貓說。
「就像公園裡的銅像那樣。」大飛貓說。
「銅像有人拜嗎？憨！」我說。
「是喔，宮裡的就會有人拜。」三色貓說。

「說實在的，要做羊才對，蕭府王爺是放生羊的，大家都知道。」清池說。
「那是以前的代誌了。」文祥伯說。
「我聽阮老母講過，以前日本時代宮內那隻羊到處走，黑白吃，看到什麼就吃什麼，蠟燭、金紙、供桌上的雞鴨，還去市場吃菜、吃水果。」清池比手畫腳。

「那隻羊是跟著港口的富美宮王爺船來的，誰敢拒絕。」文祥伯說。

「牠坐船過來，在海上十幾天，竟然沒死，船也沒翻掉，講起來也很神。」清池說。

「結果在這邊吃錯東西死掉了。」文祥伯說。

「愛吃又不檢點。說實在，王爺宮養羊沒衛生啦，很臭。」清池說。

「講講而已，畜牲難控制，貓仔比較清潔性。」文祥伯說。

我們三隻貓都點點頭。

「這件事要快點決定才好，我這麼老了，怕看不到。」我說。

「哈哈，太郎急了，晚上來跟王爺說。」三色貓說。

「要祂降旨才會快。」大飛貓說。

「托夢，請王爺托夢給他們幾個。」三色貓說。

61 貓的草藥

「這貓需要打疫苗嗎？要的話要去排時間。」一位來恆昌雜貨店的客人說。

「たろう很久以前打過。像什麼貓瘟、支氣管炎、卡里西病、白血病、肺炎。」阿丁伯看著我說。

「三合一的。」客人說。

「對，全部都有。也有打狂犬病疫苗，開掉不少錢。」阿丁伯說。

「多久以前打的？隔幾年還要再打。」客人說。

「三、四年了，還需要再打嗎？看牠打了針會不舒服好幾天。」阿丁伯說。

「現在什麼奇奇怪怪的病都有。」客人說。

「以前貓生病了，會和狗一樣，自己到草叢裡找草來吃，沒有看過醫生。就像人類的神農氏，神農氏嚐百草。」阿丁伯說。

阿丁伯說的沒錯，上街許多貓、狗知道哪種草是有療效的，很多病，西醫比不上草藥。

「以前的貓不容易死。」阿丁伯繼續說。

「對啊，現在的貓好命，要是不管牠，很快就死了。」客人應和。

「就是這樣，要是主人不想牠死，就幫牠裝義肢、坐輪椅、針炙、按摩，比人還好命。」阿丁伯說。

「現在的人也不好死，插管、氣切、呼吸器、強心針、葉克膜什麼的。」客人說。

「說得也是。」阿丁伯說。

「想死也死不了，呵呵呵。」客人用手拍了拍大腿，口氣有點幸災樂禍。

「說得也是。」阿丁伯冷冷地說。

62

哲學貓

白毛綠眼貓現在大部分時間都待在王爺宮，我除了去福康便利商店坐坐，不時也會繞過去和大家「盤撋」一下。雖然是賴著活，偶爾還是需要朋友。人類和貓一樣，老人、閒人也常來宮裡打發時間，看人下棋，看人拜拜，看宮裡辦法會、會香、辦事、誦經，湊個熱鬧。

這天一來，就遇到編織貓，本來想轉身離開，想想也沒有其他地方去，還是留了下來。

編織貓看到我便馬上走過來，很急切的說：「狗是儒家，貓是道家。」

「這是你自己想到的嗎？」我睜大眼睛，沒想到牠會說出這樣驚人的話。

「那天有位居士這樣說。」編織貓說。

「哪裡的居士？」我說。

「就在這裡啊。不知道是誰請來的，他很會講，跟幾個讀經班的人講道理。」編織貓說。

「講道理？」我不太了解。

「講經啦！你也聽過幾十場了。」編織貓說。

「的確。我佛經、道經、四書聽很多，有的聽了很想睡，有的聽了會開悟。」我說。

「真的齁，你有慧根。」編織貓說。

「年輕時候喜歡聽有道理的，現在喜歡聽讓我睡著的，我有睡眠障礙。」我說。

「街上很多人來聽，順天中醫的、星光電器的、郭代書的太太、大同電器老闆的太太、顏里長的太太。」編織貓說。

「除了唸佛會，還有一貫道的。」我說。

「那位居士在大陸、東南亞好像很有名。」編織貓說。

「不簡單。」我說。

「狗天生親近人，牛、馬、雞、豬就不會，如果不是被人抓住、圈住，牠們就會逃走。」編織貓嚴肅的說。

「狗不會離開，忠心耿耿。」我說。

「貓也不會，賴著，但是不聽話，不讓人使喚，還把人當作奴僕。」編織貓說。

「是互相尊重啦。我一直想去教堂聽道理，聽聽看牧師都說些什麼。」我說。

「教堂不歡迎貓、狗。」編織貓說。

「就是因為這樣，很可惜。他們說信了基督，死了才會上天堂，如果活著的時候不給聽道理，貓、狗怎麼會懂神那麼偉大。」我說。

「好像有點對。」編織貓露出有點困惑的表情。

「《聖經》不知道有沒有講到貓、狗，真的很想知道。」我說。

編織貓竟然說不出話來，牠沒有滔滔不絕的講下去，這還是第一次。

63

到底誰是誰

福康街上最新開的第三家手機店，是億速達通訊行。廣告招牌上寫著：買賣各家廠牌的新機、平板、二手機，快速維修手機，協助門號申辦，手機現場包膜等等。

「億速達店裡新來了一隻貓。」鴻亞西服社的鏘鏘告訴我。

鏘鏘一身藍黑色的毛髮，聲音雄厚嘹亮，眼光深沉，據說是整個鎮、甚至整個縣身價最高的貓，來自寒帶俄羅斯的果然不同一般。

鴻亞西服社的老闆傳言是台灣鉅富的私生子，這是福康街人人都知道的，養鏘鏘這種貓很符合他的身分。

「什麼品種的？」我問。

「黑色的貓，眼睛一大一小，店裡的人叫牠Coco，可是牠要我叫牠厭世。」

鏘鏘說。

「呼嚕呼嚕，厭世？這名字聽起來很年輕啊！」我說。

「牠是從新竹被帶過來的，億速達老總已開了十五家店，福康街是第十六家，每家店都安排一隻店貓。」鏘鏘說。

「事業做很大啊。」我說。

「億速達有三個小姐輪班，兩個正式的，一個輪調的。她們一個懶，一個囉嗦，一個陰陽怪氣。」鏘鏘說。

「呼嚕呼嚕，這樣就有三個主人。」我說。

「老總也不時會出現。」鏘鏘說。

「太難了，要應付這麼多人。」我說。

「那個新來的傢伙有點孤僻，不時叨叨唸著我是誰？我是誰？」鏘鏘說。

「自己是誰都搞不清楚嗎？」我說。

「而且牠眼神殺氣很重，好像跟誰有仇。」鏘鏘說。

「只要不鬧事就好。」我說。

「應該不敢，強龍不壓地頭蛇。」鏘鏘說。

「誰是地頭蛇？」我問。

「大家都是在地的，應該好好相處。」鏘鏘沒有直接回答。不知道怎麼搞的，每次跟牠面對面，就有股不安的感覺，彷彿即將發生什麼事。

「是、是，失言了。」我將眼光投向萌朵水果飲茶店。

「大家都是在這條街走跳的，要不分彼此，團結在一起。」鏘鏘聲音堅定。

「團結要做什麼？」我問。

「有事就知道團結很重要。」鏘鏘說。

「有什麼事？」我又問。

「一定會有事的。」鏘鏘陰沉沉的說。

64 假的世界

在福康街所有店家中，最沒趣的就是擺滿夾娃娃機的那間「樂一樂」。店裡裝潢得很花稍，燈光永遠亮得像大白天，空氣裡飄著塑膠和金屬的怪味。沒有人味，沒有汗水的臭酸味，最主要是沒有食物味。

一、二十台娃娃機裡堆積著大大小小、各式各樣的布偶和玩具，都很假，真的有人喜歡嗎？

就我所知，和不時發出怪聲、飄散著不自然香氣的自助洗衣店一樣，貓、狗都沒有興趣進去，不想在那裡做什麼記號，留什麼痕跡。

這世界到處都是人工香料，例如：洗髮精、沐浴乳、清潔劑、洗衣粉、芳香劑、香水，甚至貓、狗、雞、豬的飼料裡都是。我甚至覺得自己是假的，街上的貓、狗也是假的。

街上的貓是經過人類「選擇」、「改造」的，不掉毛，外型美，吃不多，壽命長，體味淡，又親近人。不適合的早已被淘汰，沒有人要繁殖，更不會進到一般人家裡。

整天圍繞在人們身邊，可愛的貓、狗，就是這樣來的。

65

改造的貓

賓士貓坐在星光燈具行前，很專注地看著櫥窗裡琳琅滿目的燈具，我走到牠身邊。

「你看，鄉下地方還可以看到這麼漂亮的燈，北歐式的、工業風的、蓮花燈、南瓜燈、百合花燈，造型多豐富啊。」賓士貓語氣很是讚嘆。

「我以為你是要去樓上的健身房。」我說。

「運動很好。目前我的血壓、膽固醇都正常，沒有糖尿病，腸胃功能不錯，只是有點血脂肪過高。多運動是好事。」賓士貓說。

「還有很多人去跳廣場舞。」我說。

「我家主人也去，交了很多朋友，身體也好多了。」賓士貓說。

「廣場舞熱鬧。」我說。

「我們這些經過改造的貓，要心懷感謝。」賓士貓忽然轉變了話題。

「要成為全新的貓。」我立刻附和。

「現在是有史以來最幸福的時代，沒有更好的環境了。我們有乾淨舒服的住處，各式各樣的玩具，營養的貓食，打預防針，各種病都可以治療，還植了晶片，查得到主人是誰，生病受到照顧，死了還有喪禮。」賓士貓說。

「要懂得感恩，要惜福。」我說。

「舊時代的貓實在太悲慘了，人都吃不飽，何況是貓！」賓士貓說。

「這是個偉大的時代，我們是見證人，不，是見證貓。」我說。

「但很多貓只是身體被改造，思想觀念還是舊的，不知道感恩。」賓士貓說。
「可是、可是，還有很多流浪貓狗的問題，牠們活得很慘。」我弱弱的說。
「這不包括在我們今天談論的範圍裡，要另找一個時間，深入地談，那些體制外的比較複雜。」賓士貓說。
「體制外？」我有點困惑。
「體制內外當然有差別，在裡面的，被淘汰的，主動離開的，自然不同。」賓士貓說。
「是、是。這樣說也有點道理。」我說。

66

舊情人我想念你

摺耳貓瑪莎竟然會來到逍遙之台。

濱江花店的溫小姐在胭脂貓離開後沒多久，就養了瑪莎。溫小姐心裡一直有點疙瘩，覺得瑪莎占據了胭脂貓的家，睡了牠的床鋪，玩了牠的玩具，用了牠的餵食盆、飲水器，因此有時看著瑪莎的眼神不太自然。

瑪莎的耳朵短，又往後貼，看起來溫溫軟軟，總覺得沒有甚麼脾氣，很好相處。

「太郎，你這裡太棒了，沒想到景色這麼美。」瑪莎說。

「難得難得，歡迎你來！沒有啦，在室外，風大不行、下雨不行、太熱也不行，不像你們窩在家裡舒舒服服。」我說。

「關在屋裡太苦，你最自由了，可以到處逛。像我們上街的老大神將甚至常常被綁住，更難受。」瑪莎說。

「神將太會跑了，聽說一天要跑五、六公里才過癮，福康街隨便就可以跑三圈。」我說。

「牠很關心福康街，常常告訴我們這裡是最幸福、最安全的地方，要維持下去。牠希望這麼好的地方不要有人破壞。」瑪莎說。

「破壞?!」我吃了一驚。

「為了福康街的未來，牠希望來探望你，爭取你的支持。」瑪莎說。

「蛤？」我心裡有個鼓在打。

「牠知道你德高望重，一定要我來拜託你。我們每星期三半夜十二點有個聚會，在20號空地，很多貓會來，像橘虎斑啊、花花啊，希望你也可以參加。」瑪莎說。

「歡迎神將來這裡，隨時都可以。我是沒幾天可活的貓，說不定等一下跌落這個花台就摔死了，還一身病，不用理我，真的，我是沒有用的貓，連喝水都會嗆到的。」我感覺身體一陣陣虛脫。

「你太客氣，真是謙虛，難怪胭脂貓會那麼愛你。」瑪莎說。

「什麼？你認識牠嗎？」這句突如其來的話撞擊到我。不知道為什麼，我的眼角溼了，眼淚突然湧了出來，真是沒路用。

「聽說過你們的事，好感動喔。」瑪莎眼睛似乎也濛起了淚水。

「牠死了，我也快了，我們很快會再相聚的，我已經等不及了……」我說。

「不好意思勾起你的傷心往事。」瑪莎費力的吞了吞口水。

「我太難過了，對不起。」不知怎麼了，我的眼淚一直流，鼻涕也滴出來了。

「不好意思，我隔兩天再來好了。」瑪莎說。

淚眼模糊中我看到瑪莎轉身，快步離開。

「我是沒有用的貓了，真的。」我向牠的背影喊了一句。

67 溢出去的貓

優秀的貓都被結紮了，因為發情會讓貓追逐，攻擊，嚎叫，灑尿……，讓人類難以忍受。進入晚冬，整個福康街會陷入混亂，充滿緊張詭異的氣氛。發情的貓真會讓人感覺恐怖，那些面貌猙獰的傢伙，製造一波又一波的麻煩，在深夜裡發出嗷嗷的悲鳴，只有閹割了，才能平靜，才會乖乖留在人們身邊，做個順服的、討人歡喜的伴侶。

在人類無法控制的地方，貓兒們便會盡情追逐，盡情攻擊、嚎叫、灑尿，盡情享受愛情，以及母愛和天倫之樂。

68
貓不吃同類

億速達通訊新來的厭世貓說：「吃草的都不會吃同類。」

「這世界的動物有三種：吃草的，吃肉的，又吃草又吃肉的。」我說。

「因為懶所以才吃草，草啊、樹啊到處都是。吃肉太辛苦，要追蹤，要埋伏，最後還要打鬥，傷痕累累。」厭世貓說。

「所以吃草的會被吃肉的吃。」我說。

「吃肉的都會吃同類。」厭世貓說。

「鯊魚在娘胎的時候就會互相吃。」我說。

「貓比較高貴，雖然吃肉，會打架，但不會吃同類。」厭世貓說。

「好像是這樣。」我說。

「福康街的問題很多，充滿了鬥爭。」厭世貓說。

「啥？怎麼會！你才來沒多久。」我說。

「福康便利商店起來，恆昌雜貨店就要倒了；萬利自助餐、文星麵包店、一坪地雞排、珍珠小吃店都是做吃的，彼此沒有競爭嗎？多一家就瓜分一些客源。」厭世貓說。

「呼嚕呼嚕，不會啦，早餐、晚餐、消夜，客源有區分啦。」我說。

「燦燦美髮和桂妃美容院，兩個做美容美髮的；野靈魂、黑鬍子和我不是在咖啡館就是在去咖啡館的路上，三家都是賣咖啡的；大仁西藥房和順安中藥行，一個西醫一個中醫，都是同行相爭。」厭世貓說。

「你真會拼湊，原本沒問題的，也被你說得很可怕。」我說。

「這就是人間的真相。」厭世貓說。

「如果真相這麼殘酷，你會想隱居嗎？」我問。

「才沒那麼笨，我只是厭世，活得還很快活，很有動力。」厭世貓說。

「這有什麼差別？」我不太懂。

「為什麼要隱居？看人鬥來鬥去，看貓、狗殺來殺去，不是很有趣嗎？」厭世貓說。

「認真想想，你的確很可怕。」我低下頭小聲的說。

「文星麵包店罵萬利自助餐的青菜農藥噴太多，醬油是化學醬油，蟑螂、老鼠到處亂爬；萬利自助餐說文星麵包店用的奶油是人工合成的，香味都是來自香精，膨鬆劑放太多，吃多會得病。珍珠小吃店說一坪地炸雞排用的是地溝油，雞是病死雞；一坪地說珍珠小吃店的啤酒過期，大腸沒洗乾淨，老闆衛生習慣不好。」厭世貓說。

「這些你都是從哪裡聽來的？」我問。

「燦燦美髮說桂妃美容院的髮型俗死了，還是二十年前的樣子，她們從不參加研習會，沒有進步，大媽才會給她們做。桂妃美容批評燦燦美髮沒有技術，只是時髦、花稍，保養液一瓶本錢五十塊賣五百塊，化學合成的說是純天然植物的，很敢騙。」厭世貓繼續說。

「呼嚕呼嚕，天啊。」我忍不住嚷起來。

「三家咖啡館一家說對方的咖啡過期，還發霉，所以賣那麼便宜；另一家說對方賣假酒，喝多了眼睛會瞎；最後一家說那兩家私下賣大麻、毒品，廁所很多針頭，女客人喝醉了會被撿屍，太亂了。」厭世貓似乎停不下來。

「那通訊行呢？」我忍不住追問。

「嘻嘻嘻，不能告訴你。」厭世貓詭異的笑了。

我腦袋裡出現很多混亂的畫面，那些街上常見的人都變得臉孔猙獰，張牙舞爪。怎麼會突然變成這樣了？

「這世界真可怕。我有點不舒服。」我隱隱反胃。

「只是可惡而已啦。」厭世貓說。

69 有在健身的貓

在萬利自助餐後門巷子遇到精壯的健身貓，牠以前的模樣跟我差不多，就是身體滿是贅肉，四肢水腫，神態委靡，感覺是自助餐老闆給了太多剩菜，菜裡油和鹽過量，這對貓是不行的。但牠現在像換了個貓似的，身體線條分明，精神奕奕。大家幾乎忘了牠的本名「粉圓」，改叫牠「健身貓」。

「你應該多運動的，來健身房吧，為你介紹位好教練，有執照，得過獎的。」健身貓說。

「你的身材不一樣了。」我說。

健身貓的胸肌鼓鼓的，腹部六塊肌，下巴抬得高高，脖子直挺挺，前肢粗壯，聲音也變得低沉渾厚。

我看了就覺得累。

「你要運動，運動就不會胡思亂想。身體裡的廢物多，血管不通暢，頭腦就不清楚。」健身貓說。

「但是，不胡思亂想，不知道要怎麼活？」我說。

「怪論！常常聽到你發出呼嚕呼嚕的聲音，教練說過，這聲音有時是因為心理有病，為了安慰自己才發出來的。這一帶就你和厭世貓最會發出這種聲音。」健身貓說。

聽到厭世貓也有同樣的症狀，不知道為什麼，我的精神就來了：「我以為健身房裡只是一群愛賣弄肌肉的傢伙，還臭臭的。」

「哪有臭臭的？環境衛生最重要，大家都很注意。」健身貓說。

「流汗，我確實需要流汗。」我說。

「來運動吧，先從跑步機開始，還有飛輪、蝴蝶機、龍門架也都不錯。」健身貓說。

「肚子有辦法解決嗎？」我低頭看著。

「腹肌練習器可以。」健身貓說。

「我考慮看看。」我說。

「你該鍛練塑身了。只要你去，一定造成轟動。」健身貓說。

「造成轟動？太可怕了，我還沒準備好。需要拍塑身前、塑身後的照片嗎？」我說。

「……」健身貓沒有說話。

「做成宣傳短片和DM？還是要夾報？或挨家挨戶塞到信箱裡？」我說。

「神經病。難怪人家都說你有點神經。」健身貓轉過身，揮揮手，頭也不回的走了。

「喂、喂！其實我練過身體！拳擊、柔道、泰拳甚至太極拳。身體好了，就不會胡思亂想；但不胡思亂想，就變愚蠢了、浮躁了，會不知道怎麼活下去，真的。」我急著解釋。

健身貓走遠了，沒聽到我說了什麼。

「所以我不要身體健康，真的，你們很難了解。」我彷彿是說給自己聽。

70

好命的貓

不時來恆昌雜貨店買東西的良妹嬸站在門口，阿星嫂把一包新竹炊粉裝在塑膠袋裡，遞給她。

「阿惠真是好人，賢慧又勤儉。現在人不在了，害我很多事情沒人參詳。」

良妹嬸說。

「老闆娘真的很好。」阿星嫂附和。

「你好命，碰到這樣的頭家，很多頭家對外勞仔很壞。」良妹嬸說。

「我不是外勞仔，是嫁來這邊的。」阿星嫂說。

「這樣啊，歹勢、歹勢。有的頭家真的很壞，我看不下去。」良妹嬸說。

「謝謝良妹嬸喲。」阿星嫂說。

「我現在要去拜拜都沒有伴，媳婦很多事不懂。其實我以前也不懂，都要問阿惠。」良妹嬸說。

「老闆娘真的很好。」阿星嫂再說一遍。

「喲，這隻貓還在喔，有人餵嗎？」良妹嬸瞄見窩在角落的我。

「有啦，我會餵。」阿星嫂說。

「不想養，就不要餵牠，牠自己會走。麻煩啦，到處大小便。」良妹嬸說。

「不會、不會，太郎很乖。」阿星嫂說。

「現在的貓，要打針，要看病，要照顧，飼料又貴。」良妹嬸說。

阿星嫂看看我，我瞪著良妹嬸，很希望自己變成狗。

「貓最無情，不會替主人想。」良妹嬸又說。

「日本不是有很多招財貓嗎？店裡如果有漂亮的貓，很多人會專程跑來，拍拍照，摸一摸。」阿星嫂說。

「我不敢，常常在外面跑的貓，我不敢摸。」良妹嬸一臉嫌棄。

「這樣啊。」阿星嫂點點頭，她彷彿明白了什麼，那個明白讓我感覺不太舒服。

「這條街的貓過得比我家鄉的人還好，我下輩子要投胎到這裡。」阿星嫂接著說。

「以前我們也過得很苦，你不知道，比你們還苦。」良妹嬸說。

「良妹嬸現在還有去上班嗎？」阿星嫂問。

「本來已經退休了，在紙廠上班三十多年，做得要死。每天早上六、七點多就進去，晚上六、七點才出來，兩頭烏。」良妹嬸說。

「身體要緊。做包裝和黏貼喔？有三萬塊嗎？」阿星嫂話裡充滿同情。

「有喔，加班有時候到四萬塊，做不停，一直要出貨，中午才休息一小時，有時候飯都來不及吃，輸送帶一直出貨，我們就一直做。做到手和腰都受傷，心臟也壞掉了。」良妹嬸說。

「這麼辛苦喔。」阿星嫂說。

「訂單多老闆好，訂單少大家日子比較好過。」良妹嬸說。

「退休就好了。」阿星嫂說。

「後來在家無聊，又不喜歡帶孫子，也不想整天跟老公在一起。工廠欠人啊，我們又是熟手，才又回去，能做多久算多久。肩膀沒有挑東西，牛沒有犁可以拖，不習慣。我老公說，馬沒有人騎不習慣，哈哈哈。」良妹嬸嘎嘎的笑了。

「真好笑，老歹命。」阿星嫂跟著笑。

「你也聽得懂喔？」良妹嬸說。

「像我也沒辦法啊，沒有工作不知道怎麼辦。」阿星嫂說。

「還好，阿丁伯對你很好，算好命。」良妹嬸帶點安慰。

「貓、狗都比我們好命。」阿星嫂悠悠的說。

「是啊，牠們都不用工作，整天走來走去，這邊躺那邊睡，不像豬，豬啊，養大了還可以殺來吃。」良妹嬸說。

「我們就是苦命啦。」阿星嫂聲音轉小。

「好了，要來去了。」良妹嬸揮揮手。

「良妹嬸再來。」阿星嫂說。

「唉，阿惠不在，我連說話的人都沒有，好苦喔，真的。」良妹嬸邊說邊走遠。

71 病了的貓

呼嚕呼嚕。我覺得不舒服快一個月了，也許是兩個月，甚至更久，不太確定。就是咳嗽，喘不過氣，還有一直呼嚕呼嚕。空氣不好，灰塵、花粉、霧霾，汙染嚴重，到處髒兮兮的。

阿丁伯看我不太行了，用鐵籠子裝著我，騎摩托車，來到鎮上比較大間的天良獸醫診所。

上次在診所開刀拿掉腫瘤，醫生就說還有兩顆可能會長大的小瘤，不好同時處理，隔段時間要回去追蹤。阿丁伯忘了，我也忘了（故意的）。

還記得醫生發現第一顆腫瘤、必須開刀的時候。

「摸得到，你摸摸看。」醫生說。

「這裡、這裡喔？」阿丁伯說。

「摸到了吧，對，就是這裡，你看看螢幕。」醫生說。

當時我全身發熱，昏昏沉沉，不斷吞口水，螢幕灰黑一片，這個器官、那個器官都模模糊糊，哪裡看得清楚什麼。

「如果……」阿丁伯的聲音有點遲疑。

「看看良性還是惡性。」醫生接口。

「這種……」阿丁伯還是猶疑。

「大概百分之五十。」醫生說。

「……」阿丁伯沒有說話。

「開出來看看，反正就是切除、化療、放射性治療。」醫生說。

「貓也要這樣啊？」阿丁伯有點困惑。

阿丁伯那口氣很像阿星嫂。要不是阿丁嬸不久前才乳癌死掉，他們有點心理陰影，否則應該是不會理我的。前面幾代太郎都沒有看過什麼動物醫生，也沒打過預防針，直到第五代才開始這樣做。

還好第一顆腫瘤是良性的，開完刀，阿丁伯甚至把他平常在吃的牛樟芝分給我，可見對我還是有心的。他不想短時間內家裡死掉兩個吧！

但現在好像又來了，這次應該是癌症了。貓得癌症，最多活三個月！

福康街上沒有誰知道這個祕密，自己的身體自己知道就好。我也不想再說了，上次開刀前告訴身邊的貓，牠們以為我要死了，面帶愁容地來看我，安慰的話從不同的貓嘴裡說出來，真是怪異。

有幾句話，我到現在都還耿耿於懷：「活了六、七年，算不錯了。」「貓有旦夕禍福，沒想到你……」「一切都是命，真的，誰料得到。」有的還跟我要東西：「反正你用不到了，給我當紀念。」有的看到我就哭，如喪考妣，真傷感。

結果那次開刀後我竟然沒死。後來有貓在街上遇到我，竟然以為是鬼魂，全身痙攣，觸電似的逃走。

剩下三個月，該怎麼過呢？

72

鏡子裡的貓

恆昌雜貨店二樓的臥室，還留著阿丁嬸的梳妝台。樟木製的梳妝台很精緻，雕刻了很多花紋，還帶點原木香味。曾經有骨董商出價要買，阿丁伯不肯。但孩子也沒人要。鏡子邊緣的水銀褪色，有點糊了，不過整體照得還清楚。毛髮乾枯、蓬亂，眼神呆滯，鼻頭顏色黯淡，嘴邊有白毛，脖子緊縮，半張著嘴。啊！不知何時，我竟然變成這樣了啊！

「たろう，太郎！呼嚕呼嚕，往後這些日子，你打算怎麼過？」鏡子裡的我問。

「到處逛逛，看看老朋友。」

「告別之旅。」

「怕人家不歡迎。」

「老貓要自愛，別讓年輕貓討厭。」

「想見老情人或仇人？」

「如果對方不想見面怎麼辦？以為你想幹什麼。見仇人幹嘛？報得了仇嗎？」

「你這樣，像是得到癌症的貓嗎？」

「呼嚕呼嚕，外表看不出來。但其實生活一直不正常，晚上睡不著，白天打瞌睡，食欲不振，什麼事都提不起勁，遲早會出事的。」

「心裡有數，但是改不了。」

「不要一直逼問自己。」

「不管怎樣還是會死。」

「恆昌雜貨店會有第七代的太郎，會有第七代的太郎，會有……」

「啊，終究是回不去了。」

73

沒毒沒有用

我和厭世貓不知哪裡不對盤，第一次看到牠就不舒服，牠看到我應該也是。

上次見面，我們兩隻貓尖叫、咆哮、彈跳、撲抓、嘶咬……。不知道為什麼這麼氣，牠既沒有搶我的食物，也沒有在我的行進路線上排泄，但就是討厭牠。

厭世貓是尋常的黑貓，眼底黯黃色，眼珠圓黑，不過牠的左眼特別小，似乎生過病，右眼可能經常太過用力變得更大，整個不協調。最特殊的是有三條腿的脛骨位置是白色的，像穿著三隻白襪子，就是右前腳沒有。

牠看起來就是有哪裡不對勁。相遇幾次後，我們慢慢變成只是互瞪，不再有那麼激烈的反應了。後來，竟然可以靠近說話，主要是緣於一條蛇。

那天，我經過吉利機車行後巷子，發現有條蛇，嘴裡咬著一隻老鼠的脖子，身體還纏繞在牠身上。老鼠很大，不斷尖叫掙扎，騷動聲引起了周遭的注意。

這時，一旁的厭世貓弓起身，毛髮豎立，瞪著牠們。

我小心翼翼走過去，停在牠旁邊，蹲低身子。

「沒有咬到你嗎？」我問。

「本來是有想攻擊我的。」厭世貓說。

「是條無毒的蛇，看顏色就知道。」我說。

「頭有點四方。」厭世貓說。

「呼嚕呼嚕，有毒的話，老鼠現在已經死了。」我說。

「這條蛇也太貪心了。」厭世貓說。

這時蛇的嘴巴突然被掙脫開，捲著的身體也鬆落下來，老鼠吱吱叫著跑走了。

蛇停了一下，轉過頭，用細小的黑眼珠看著我們，粉紅色的舌頭吐啊吐的。

我弓起背，豎起毛髮，發出「嘶——嘶——」的哈氣聲。厭世貓也跟著由嘴裡發出威嚇的聲音。好一會，蛇掉頭離開了。

看著逐漸消失的蛇，我們慢慢放鬆了身體。

「我以為多厲害。」厭世貓說。

「呼嚕呼嚕，有毒就慘了。為什麼有的蛇有毒，有的沒有？」我問。

「就像有的貓有毒，有的沒有。」厭世貓說。

「什麼？」我不解的看著牠。

「有的人有毒，有的沒有。」換厭世貓看著我。

「我們有時候該聊聊天，恆昌雜貨店的逍遙之台是個好地方。」我說。

「你的地盤。」厭世貓點點頭說。

「夜景，還不錯。」我說。

74

親密關係

自從小牛走後，桂妃美容院的老闆娘就再也不養貓了。她好幾次看到我，眼光總是迴避。

她和小牛的親密關係，沒有人不知道。

之前，小牛的腳是不踩在地上的，平時不是在老闆娘身上，就是在桌子上、椅子上、櫃子上、地毯上、床上。

我瞪牠，小牛瞪我。牠不是波斯貓、摺耳貓或安哥拉貓，她跟我一樣是鐵灰色白線條、土生土長的貓。

「你憑什麼？」我略抬起下巴。

「我高興！怎樣？」牠有點跩。

「呼嚕呼嚕，丟我們貓的臉。」我的臉忍不住撇到一旁。

「你就是妒忌。」牠說。

「呼嚕呼嚕，下來走。」我帶著命令口吻。

「那麼髒。」小牛一臉嫌惡。

「別理牠。」老闆娘遮住小牛的眼說。

老闆娘好像聽得懂貓話，她與小牛非常相像，圓形臉，鼻子鐵紅色，肚子鼓鼓的。如果老闆娘穿鐵灰色白線條的衣服，加兩隻耳朵，一條長尾巴，簡直是放大版的小牛。

有一次衛生局在福康街辦貓狗嘉年華，老闆娘真的這樣穿了。她抱著小牛現身，唯一不同的是小牛脖子上戴了朵桃紅色的鬱金香。

「這是恥辱，是福康街的恥辱。憑什麼？」我說。

「我高興！怎樣？」小牛厲聲回嗆。

每回經過桂妃美容院，我們就這樣對話。

後來謠傳小牛得愛滋病死了，我知道不是。牠的眼珠發黃，表情凝重，腹部鼓脹，不時乾嘔，說話有氣無力，是肝出問題。我想說，可惜說不出口。辦完隆重的喪禮後，小牛的骨灰放在高級的「寵寵靈魂堂」。老闆娘也死了幾個月，不吃不喝，披頭散髮，幾乎不出門，工作交給助手，沒事就掉眼淚。後來美容院就沒有再養貓了。很奇怪，每次經過那裡，我都會不由自主地想說：「呼嚕呼嚕，你憑什麼？」

然後小牛會回我：「我高興！怎樣？」

這個感覺不太好。

75

廢宅廢貓

廢棄大宅的門口來了一隻被稱做「和尚」的貓，牠常常趴在那裡，抱著雙手，垂著頭，打盹，不管外面車水馬龍，人群來去。

牠鐵灰色夾雜白線條的毛看起來灰敗，頭頂也禿了錢幣大小的一塊，外貌確實有點像和尚。

這間有著巴洛克式門面的豪宅，而今已破舊不堪，房頂塌陷一個角落，磚瓦散落，木門腐朽，雜草叢生。老宅，老貓。

廢棄大宅因為繼承的子孫們談不攏，沒人要管，空了非常多年。老貓應該不是這家人的貓，牠看起來沒那麼老，但或許有。不過牠確實是隻流浪貓，不知道從哪裡來的，也不曾被收養過。

廢棄大宅曾經是福康街貓族聚會的地方，早期除了有蜘蛛、壁虎、老鼠之外，其他都還好。後來死了一個流浪漢，兩條狗，一些中毒的老鼠、蟑螂，腐爛的東西讓大家很不舒服。在這些死掉的動物裡，人活著時吃的東西最雜，死後的味道也最臭，因此除非必要，沒有貓願意靠近。

只有附近的男女會在深夜時分到來，他們不嫌髒亂，在裡面抱來抱去，扭來扭去，氣喘吁吁，像兩條交纏的蛇。

現在出現了一隻和尚貓。

76 無慾的存在

這天，和尚貓在廢棄大宅門口叫住我說：「俺已經清乾淨在世的七情六慾，不會再轉世投胎了。」

「你確定嗎？」我問。

「不再來了。」和尚貓說。

「呼嚕呼嚕，我好像還有事。」我想託詞離開。

「還沒了卻的愛戀、怨恨，放不下的事，會讓人再回來。」和尚貓說。

「你真的不想回來了嗎？」我忍不住多問一句。

「不再見了，不相遇了。」和尚貓說。

後來，和尚貓仍每天環抱著雙手，趴坐在廢棄大宅前，瞇眼，打瞌睡。眼前兩個塑膠碟裡，總是有食物和清水。

77 紫色衣缽真傳

三色貓約了我和編織貓來到萬利自助餐前面。這時已是下午兩點多，沒有客人進出，老闆清洗完地面，也去休息了。空氣裡仍散布著各色菜餚的香氣，雖然吃飽了，聞到那些味道，嘴裡仍然不斷分泌口水。

「你們覺得那隻來路不明的和尚貓，會不會要來分我們的食物。」三色貓說。

「牠好像沒來過自助餐這裡，應該是吃素的。」我說。

「真的嗎？感覺那個傢伙怪怪的。」三色貓說。

「怪怪的？」我問。

「和尚貓不是普通的貓，牠繼承禪花長老的衣缽，成為第十代傳人。這是個祕密，不能讓任何人知道。」編織貓說。

「你說這話有根據嗎？」這說法讓我侷促不安。

「牠原本在浮夢寺當主持，只是機緣還不成熟，只好先離開。」編織貓說。

「呼嚕呼嚕，這樣啊？」我說。

「牠因為出身不明，血統不清，又不認識字，最初只是浮夢寺廚房的雜役，後來竟然成為禪花第十代的傳人，因此眾人不服。」編織貓說。

「原來牠曾有一段曲折傳奇的過往。」三色貓說。

「而且牠身上有一種蜱蟲。」編織貓說。

「貓、狗、牛身上都可能有蜱蟲。」我有點不以為然。

「紫色的你沒見過吧？那就是得到衣缽真傳的證明，只有真正的傳人才會有紫色蜱蟲。」編織貓說。

「真的嗎?」我說。

「編織貓說的事,不用問真的假的,都是真的!」三色貓嗆了一句。

「浮夢寺是中部最大的道場,有上百隻貓在那裡,其中有才幹的貓非常多。」編織貓說。

「這倒對,很多寺廟的貓都是從那裡出來的。」我說。

「禪花長老年紀大了,要把住持位子傳給誰,成為第十代傳人,大家都很關心。因為太多貓想爭這個位置,禪花長老在一個公開聚會上說,牠出上聯,看誰對出下聯,就把位子傳給他。」編織貓說。

「這麼簡單?」我說。

「上聯是『千江有水千江月』。此聯一出,大家紛紛苦思冥想想要對上,幾十隻貓講出來的都對得不好,有位大師兄說出『萬里無雲萬里天』,這句一出,大家都叫好。」編織貓說。

「我在一輛載棺材的禮車上看過這兩句。」三色貓說。

「可是禪花長老搖搖頭，不同意。覺得太執著，還沒有開悟。就在大家議論紛紛的時候，和尚貓唸出一句『萬法無宗萬法源』。這下聯一出，大家都嚇到了。」編織貓說。

「呼嚕呼嚕，這句厲害。」我說。

「禪花長老看到這個不識幾個字的低賤雜役，竟敢強出頭，當場叫到前面來，大聲喝斥，並且用扇子在牠頭上敲了三下。」編織貓說。

「呼嚕呼嚕，這故事感覺有點熟悉，電視好像有演過。」我說。

「當晚三更，和尚貓去了禪花長老的禪房。」編織貓說。

「這故事確實熟悉。」三色貓說。

「愈講愈可怕。」我說。

「是長老要牠三更時去牠的禪房，對嗎？」三色貓說。

「你真聰明。」編織貓說。

「後來禪花長老把身上的紫色蜱蟲傳給牠的事，被大家知道了是嗎？」我說。

「就是這樣！為了搶奪和尚貓身上的紫色蜱蟲，大家開始逼迫牠，攻擊牠，和尚貓只好逃亡。」編織貓說。

「太扯了。」三色貓說。

「在途中還遭遇幾次追殺，幸好佛祖保佑，才逃過劫難。」編織貓說。

「牠身上真的有紫色蜱蟲嗎？」我說。

「誰要去當面問問？」三色貓說。

「或者找幾隻夥伴來，強迫檢查看看……」我說。

「紫色蜱蟲不輕易現身，無緣的人是看不到的。」編織貓說。

「聽你在……」我忿忿的說。

「算了，只要不來分東西吃就好。」三色貓說。

78

都是為了福康街好

這天我沿著例行路線散步。

吃完文星麵包店給的起司——可惜這片起司發酵不成熟，黏牙黏舌頭，想再去仙鄉水果行看看今天是不是準備了香蕉。最近香蕉盛產，非常便宜，丟到河裡太可惜了，要幫忙吃一點才是。

鏘鏘和三色貓在路上攔住了我的去路。牠們的眼神和姿勢都不太對勁，尤其是三色貓。

「太郎！」鏘鏘喊。又是那個雄渾嘹亮的聲音，讓我心臟一緊。

「你都沒來參加我們的聚會，很可惜。」鏘鏘說。

「聚會？喔喔，我真是太老了。」我小聲解釋。

「為了後代子孫不能這麼自私，我們要為福康街的未來著想，今天做的一切都是為了這條街。」鏘鏘目光炯炯，語氣堅決的說。

「我愛福康街！」三色貓大聲說，尾巴還豎了起來。

「是、是，你們真的很有心。」我說。

「下街貓要團結，打倒上街貓；本地貓要團結，打倒外地貓，絕對不能妥協。」鏘鏘說。

「請問上街、下街是怎麼畫分的？我搞不太清楚，我好像是上街的。」我還是一頭霧水。

「以福旺金紙行為界，往北叫上街，往南叫下街。」鏘鏘說。

「主要是上街鑫亮五金行的神將，和濱江花店的瑪莎那批貓，問題太嚴重了。」三色貓說。

神將！我知道這隻孟加拉貓，牠精力太旺盛，整天跳上跳下，追這個追那個，是街上唯一需要戴項圈、繫上牽引繩的貓，牠一個晚上可以繞福康街三遍都不會累。

「福康街的貓不能成為奸細，勾結對手。」鏘鏘說。

「太郎雖然是上街的，但牠是站我們這邊的，牠不會做這種事。」三色貓說。

下街的鏘鏘，和上街的神將，各自畫地為王，終究會爆發衝突的，這是貓世界不能避免的決鬥，應該是很壯烈，希望發展到史詩級的才好看。

「三色你明明也是東興大樓的上街貓啊？」我弱弱的說。

「沒錯，但是我的心在下街，跟你一樣，我覺得鏘鏘才是值得追隨的英雄，只有牠才能為我們帶來希望。」三色貓眼神閃爍的說。

「除了那些上街貓，體重超過五公斤的貓也都有問題。牠們被人類寵壞，又肥又遲鈍，不知反省，太可恥了，簡直是貓渣。」鏘鏘說。

「跟狗、雞、鳥、豬相好的貓也是敗類。貓不准看人類寫的關於狗、雞、鳥、豬的書籍、影片、動畫、廣告。那些東西看多了，會以為牠們跟我們一樣美麗、優秀，實際上根本不是這樣。」三色貓說。

「這都是為了維持貓的尊嚴，貓的高貴。自古以來人類不吃貓，就是證據。」

鏘鏘說。

「不過編織貓也說希望大家要和平相處。牠說以前福康街還分成左街和右街，前街和後街，彼此打來打去，很亂。」其實我不知道為什麼會扯出編織貓。

「編織貓是懂得不少，但牠的說法我不予置評。只要不散布不利我們的消息，破壞我們行動就好。」鏘鏘說。

「據我了解，編織貓雖然屬於我們下街，但牠跟一些上街貓勾結，還暗戀其中一隻臘腸狗。」三色貓說。

「豔豔甚至說有黃毛的貓都有問題，牠們都是被鬼附身的，要趕走或者殺掉。」鏘鏘說。

「這說法太離譜，貓的毛色這麼多，這麼複雜。」我說。「豔豔真的這樣說嗎？」

「我們不是用嘴巴革命，是要付諸行動的。」鏘鏘說。

「上街貓攻擊下街貓的時候，我們認為不關我們的事，沒有行動。外地貓攻擊本地貓的時候，我們認為不關我們的事，沒有行動。牠們攻擊白色貓的時候，我們也覺得不關我們的事，沒有行動。牠們攻擊三公斤貓的時候，我們也覺得不關我們的事，沒有行動。最後牠們開始攻擊我們的時候，再也沒有人來幫助我們。」三色貓說。

這段說詞讓我訝異，令人激動，原來三色貓不是普通貓，這麼有心。

「來加入我們吧！我們還要去聯絡其他貓。」鏘鏘把前爪搭在我的肩膀上。

「兄弟，我們是同一家的。讓我們一起為這個街道的和平奮鬥，為這個神聖目標努力！」三色貓說。

面對這兩隻面孔嚴肅的貓，我覺得自己手腳發軟，神智混亂。

「是、是、是。」我的喉頭似乎有點哽住了。

79

忽然出現的聲音

黎明時分，天色昏暗，竟然聽到公雞的叫聲：「喔——喔——喔——」我悚然醒來，好古老、好熟悉的感覺啊。有一股莫名的力量在體內暖熱起來，我竟然感受到遺忘已久的清晨的勃起。

現在還有人養公雞嗎？不是絕大部分的公雞已經被淘汰了，只剩下格子籠裡的生蛋母雞嗎？是我聽錯了嗎？

公雞又叫了：「喔——喔——喔——」

確實是某家養的雞啼叫。我的眼眶濕潤了。

80 互相玩鬧

戀戀皺著眉頭跟我說：「太郎啊，你知道我最討厭小孩抓我們了，有一次鏘鏘還被文星麵包店的小跳抱到。」

「慘了。」我伸起右前爪遮住臉孔。

「小跳揉牠、捏牠，還拋到半空中，那時候就算是貓界的英雄好漢，也只能裝可愛了。」戀戀說。

「小跳的爸爸葉師傅在旁邊吧，鏘鏘不好意思翻臉。」我說。

「就是啊，葉師傅捨得給貓吃最好的起司。」戀戀說。

「但孩子的規矩教得不好。」我說。

「我也不喜歡主人沒事搔我的脖子，硬把我翻過來揉肚子，從頭到尾摸背。主人應該知道，我不想的時候，她要尊重。」戀戀說。

「誰叫你長得可愛。」我說。

「我只是外表可愛好嗎？」戀戀說。

「內心狂野。」我說。

「主人一點都不會看眼神，最怕自以為懂貓的人。」戀戀說。

「感覺你很會撒嬌啊，沒事常在她腳邊磨蹭，還爬到她腿上。你明明很怒，叫聲卻那麼溫柔。」我說。

「你發現了。那是要她陪我玩，弄東西給我吃，或者該換貓砂了。」戀戀說。

「原來都有目的的。」我說。

「她惹我討厭的時候比較多。」戀戀說。

「你玩我，我玩你，就是這樣。」我說。

「是啊，不然呢？我當不了流浪貓，那太難了，敬佩牠們。」戀戀一邊搖搖頭，一邊嘆息的說。

81 不想太乾淨

我忍著肚子的疼痛，掙扎走到角落，前腳趴下，蹶起屁股，開始前後抽動，「咯咯咯」的乾嘔起來。我的眼睛充滿淚水，血衝到腦袋，毛髮直豎又傾倒，直豎又傾倒。直到我終於吐出一團黏稠的塊狀物，那是來自腸胃的毛球。吐完後喉嚨痠麻，全身虛脫。嘔吐有時要花一兩個鐘頭，發出的聲音半條街都聽得到。

大部分的貓會這樣。但燦燦美髮的美夢貓應該不會，牠們的毛髮有人定期處理，主人還餵牠們吃貴森森的化毛膏。

這就是愛整潔的代價，整天舔自己毛的結果。和貓同類的豹和老虎卻不必這樣，牠們不用費心整理，身上的毛就整齊漂亮，這真的太不公平了，不知道哪個遺傳點出了問題。

有些不理解我們的人類，以及狗、鳥，以為我是被魚刺卡到喉嚨，甚至中邪，才會有這麼猙獰恐怖的動作。再加上我不喜歡毛沾黏在舌頭上，所以不太認真清理，也不常舔其他貓，嘔吐也就少了。

有點髒髒亂亂的活著，不也很好。外表乾淨整潔的，心地不見得純淨，所作所為不見得清白。人類也是這樣，不是嗎？

82 真正的貓

吃過老鼠或鳥的貓，是可怕的，街上其他的貓不太願意接近牠們。有貓說，就像犯過罪、坐過牢的人一樣。

83

貓的優雅

貓走在哪裡的姿態都是優雅的，不驚不擾。狗不行，沒有牽繩拉住，就靠不住。

84

未來會更好

福旺金紙行的龍眼跟我說：「聽說將來會發明出沒有體味的魚，身上只有五根骨頭：中間是主要脊椎，上兩根、下兩根。」

「這樣啊？」我說。

「現在的魚，我們不太會吃，太多刺了。」龍眼說。

「又太腥。」我說。

「將來的魚沒有腥味，沒有刺，又好吃。」龍眼說。

「那就叫五骨魚好了。」我說。

「希望以後我們不用大便，狗也不用大便。不便貓，不便狗，一定更受人類歡迎。」龍眼說。

85

熾熱的愛

濱江花店的胭脂貓曾經是我的愛人。

在我還沒動腫瘤手術前，有段時間我們每天夜晚都見面。

胭脂的脾氣有點古怪，經常逃家，認識非常多流浪貓，會和那些傢伙一起失蹤幾天，然後滿身骯髒、疲累不堪的回來。

雖然濱江花店的主人對胭脂不錯，準備各式各樣的貓食，家裡還裝了貓樹和貓道，希望胭脂不要到處灑尿，抓破沙發，弄傷主人，但牠就是停不下來。牠不時說人類的壞話，也常常對同類發脾氣，是討厭貓的貓。不知這是不是天生的。

胭脂的眼神愈來愈不對，瞳孔歪向一邊，動不動就發怒，甚至主動攻擊街上的狗，就算是主人牽著的也不放過。那些狗被嚇得夾住尾巴，哀號著繞著主人轉。

牠可能曾在野外生過一胎，不確定是否是我的孩子。那時我們都還年輕，阿丁伯的兒子雄哥還沒帶我去動手術。那種靈肉合一的愛情，美妙得無法形容。人類不會喜歡我們這樣的愛情。

濱江花店的主人後來不太理會胭脂了，牠太不顧家，只有累了、餓了才回來。在胭脂不再回來後，主人另外養了隻摺耳貓瑪莎。

後來傳說胭脂被毒死，甚至被吊在一棵樹上。

那是一種古老的死法，阿星嫂說她們家鄉也是這樣對待貓的。胭脂，如此美麗、強悍，而薄命。

86 但願長醉

「厭世貓太喜歡貓薄荷了。」豔豔說。「如果是人，就是酒鬼。像野靈魂咖啡館裡那群人，每天醉醺醺的。」

「顏里長也常常在廟邊的珍珠小吃店喝酒，一星期喝五天。」我說。

「真可怕，那些人常常倒在路上，有的吐，有的尿尿，亂吼亂叫。」豔豔說。

「阿丁伯家有一塊很大的匾額，上面寫『福康街酒中八仙』，還黑底燙金字的喔，上面有郭代書的名字。」我說。

「以前都是酒國的。」戀戀說。

「萌朵水果飲茶店的兒子，那個整天在家打電動的啃老族，很喜歡拿貓薄荷餵橘虎斑牠們。」豔豔說。

「他用盆子種了很多棵，紫色的，很漂亮，聽說有在賣。」戀戀說。

「橘虎斑和厭世貓、大飛、龍眼，一群貓在地上打滾，扭來扭去，互相舔來舔去，真不像話。」豔豔說。

「有一次厭世貓剛吸完從飲茶店走出來，看起來好祥和喔，一點都不像平常的牠。」戀戀說。

「『憎恨使我有存在感。』這不是牠常說的嗎？」豔豔說。

「以後會失智、顫抖、尿失禁。」我說。

「算了，生命苦短，何以解憂。」豔豔說。

「太郎，有時候撐不下去，也可以去試試啊，再告訴我們感覺如何。」戀戀說。

我一時間不知道怎麼回答。

87

生殖的方式不一樣

母貓一年發情三、四次，那幾天會心神不寧，躁動，滾爬，不斷的自言自語，發出怪異的叫聲，那是自己也不能了解的聲音。母狗更悲慘些，會下體腫脹，流血或伴隨其他液體，四處蹲下灑尿，味道發散，接著公狗便會尋找過來。

女人不一樣，成年後隨時可以發動情慾。當卵沒有遇到精子，便成為廢物，排泄出來，一年大約有十次。那幾天大部分女人是不舒服的，情緒不穩定。阿星嫂和街上其他女人就是這樣。

女人隱藏經血的味道，排卵時也盡量不讓男人知道，男人不易察覺女人的變化。

人類畢竟和貓、狗不一樣；貓、狗聞得到女人的狀況。

人類有很多不足，比如生殖能力就比不上貓、狗。

88 愛與性

「戀愛是幸福的，交配是痛苦的，人類不懂。」黯黯說，牠濕鼻子上的ㄓ字刺青閃閃發亮。

「你有看過，嗯，人類，交配嗎？」我伊伊嗚嗚的說。

「哪隻貓沒看過？你說！」黯黯說。

「……」我頓時語塞。

「就是說嘛，哪家的男人、女人做那檔事，沒有被貓看過。」戀戀表情還是那麼嫵媚。「他們花太多時間做那件事，一年四季，白天、晚上，隨時隨地，真的那麼快樂嗎？」

「隨時隨地太誇張了，人類的生殖能力比較差，所以一年四季都要交配，為了繁衍後代。若子孫不夠多，容易滅種。」我說。

「以前主要是為了生孩子，現在是享樂。不像我們，只有發情的時候做，不會浪費那些時間，不搞那些有的沒的。」豔豔說。

「他們看起來很快樂。」戀戀說。

「是啊，不像我們公的要咬住母的頸子，又痛又喘不過氣來，沒兩下就結束了。」豔豔說。

「真的，痛啊，公的那個東西有倒鉤，邊擠邊刮，動作又粗魯。」戀戀說。

「最後還跑掉了，母的難受得在地上打滾。」豔豔說。

「愛情和交配真是兩回事。」戀戀說。

「很多事是很美的，太直接說出來，就不好了。」我說。

89

價值不斐

我走到燦燦美髮，把眼睛貼在潔淨的厚玻璃門上。

藍色眼珠不見了，但多了兩隻白色波斯貓，牠們與玫瑰色眼珠坐在一起，看起來神態優雅，雍容華貴。

幾分鐘後，還是沒有任何一隻理會我，我只好悻悻離開。

離開前，我看到玻璃窗底下貼了一張粉紅色的紙牌：

血統純正，有證明書，二〇〇〇〇元起，店洽

90

暗暗的戀情

夜晚九點多，厭世貓和我在逍遙之台上躺著，輕輕搖著尾巴，往下望著對街人們的動靜。

我們看見潘主任手裡拿了個禮物盒，朝四周東張西望了一會，最後把眼光投向濱江花店。店裡，留著俏麗短髮、神態柔媚的溫小姐正一邊包紮花束，一邊和客人說話。潘主任回頭，走上樓。

「生意不錯，這麼晚了還有人來買。」厭世貓說。

「別的花店女客人多，她是男客人多。」我說。

「漂亮啊，又離婚。」厭世貓說。

「現在人流行離婚。」我說。

「至少結過一次比較好。」厭世貓說。

客人離開了，溫小姐關掉招牌以及室內第一排的燈光。潘主任又從樓上走下來，匆匆推開門，然後走向溫小姐，把禮物盒遞給她。

「瑪莎站起來了，牠好像不喜歡他。」厭世貓說。

「這是潘主任第四天送禮物了。」我說。

潘主任站到溫小姐身後，用雙臂環抱著她，兩人一起拆開包裝精美的禮物盒。

是一隻綠色手鐲。溫小姐拉開潘主任的手臂，把手鐲穿進左手腕，展示給他看。潘主任歪著身體，一隻手撐在桌子上，雙腳交疊，另一隻手指著溫小姐的手腕說些什麼。

溫小姐伸起手腕看了又看，翻來轉去，臉上盡是笑容。

摺耳貓瑪莎在兩人腳邊，走過來走過去。

「明天問問牠，是什麼情況。」厭世貓說。

「瑪莎不關心這個，牠關心的是福康街的大事。」我說。

「晚上飆車的年輕人，其中一個是潘主任的兒子對嗎？」厭世貓問。

「他兩個孩子都很精采。」我說。

「怎麼說？」厭世貓說。

「他的女兒跟男朋友，還有一隻柴犬，開著一台小貨車，流浪全台賣咖啡和蛋糕。」我說。

「就是浪漫。」厭世貓說。

這時一輛白色特斯拉 Model X 靜靜地開到花店門口，瞥見來車的溫小姐，用手肘推了推潘主任，潘主任往旁邊挪了一步，比手畫腳地說了些話，然後向外走去。

一位身材高大，穿著灰色格子獵裝的男人打開車門，走下來。

「這個看起來比較配。」厭世貓說。

「還有一個開 Audi A6 紅色車的也不錯。」我說。

「品味很高。」厭世貓說。

「那個很斯文，氣質好。」我說。

「潘主任弱了。」厭世貓說。

「貓、狗永遠比不上他們，不能玩這種遊戲，只能看著。」我說。

91

貓沒有領袖

瑪莎和神將邀我來到筆鋒文具行，要談談街貓大團結的事。

「我們都是福康街的一份子，要團結才不會被欺負。沒有任何一隻貓願意被管理、被統治、被指揮，貓不接受獨裁。鏘鏘那批貓就是野心份子，就是妄想要統一整個福康街，是獨裁者。」瑪莎舉起右前腳，握緊爪子，語調鏗鏘的說。

「獨裁？」我的頭上出現了幾個問號。

「從來沒有貓總統、貓國君、貓帝王這件事。」神將說。

神將是鑫亮五金行頭家的愛貓，純種的孟加拉貓。五金行的頭家曾經是全縣拳擊比賽冠軍，島上有名，可惜後來發生車禍，手腳斷過，再也不能打了。但是他沒有放棄，家裡還有幾個沙包、大小啞鈴，並擔任拳擊協會的顧問。同樣好動、愛攻擊的神將最了解他的不甘心。

來到筆鋒文具行前，三隻貓在門口「喵喵」、「咪咪」、「咩咩」喚了很久，編織貓才慢吞吞地走出來。牠看起來很憔悴，好像幾天幾夜沒睡，眼神渙散。

「編織貓，我們都是上街貓的一份子。」瑪莎說。

「千萬別忘記。」神將說。

「這不是重點，先聽我說。原來我家店主不是普通人，最近我才知道，開文具行只是為了掩飾身分。」編織貓開始說話，眼珠瞪很大。

「說來聽聽。」瑪莎說。

「台北美利堅大樓爆炸案，海線後龍火車搞軌案，復興化工廠縱火事件，他都有參加。被抓去坐牢好幾次，坐老虎凳，灌水，夾棍，鐵烙，每樣刑罰都經歷過。」編織貓說。

「眼珠不要瞪那麼大，慢慢說。」瑪莎說。

「身心不太平衡，肌肉用力不當。」神將說。

「唉！」我忍不住嘆氣。

「太郎嘆什麼氣？」神將說。

「這就是我弟弟。」我想用前爪遮住臉，又覺得這樣做實在太像人類了。

「你家店主外表那麼溫和的人，果然，高手不露相。」瑪莎說。

「我已很久沒看到老闆，換他太太看店，看來是出任務，或者被關起來了。」編織貓說。

「難怪，這間店整天黑摸摸的，也不開燈。賣的東西都好舊，膠水乾了，原子筆寫不出來，書上面好多灰塵。」神將說。

「賺錢不重要，做大事才重要。」編織貓說。

「也難怪常常三更半夜，有人進進出出。」神將說。

「若不是有這樣充滿理想的主人，我也不願待在福康街這樣的地方，這裡實在太無聊了。」編織貓的眼睛發著光。

「他沒有小孩嗎？」神將說。

「這樣的人只有紅粉知己，結婚不重要，家庭不重要，小孩更不重要，為理想奉獻犧牲比較重要。」編織貓嚴肅的說。

「他不是還欠萬利自助餐很多錢嗎？」我說。

「蛤？」瑪莎說。

「那是微不足道的事。」編織貓偏過頭去說。

「也欠恆昌雜貨店很多錢，米的、酒的甚至衛生紙的。」我說。

「都是不值一提的事。」編織貓說。

「也對，革命是要花大錢的，不要在意小花費。」瑪莎說。

「店主明明是去南部幫忙割稻，還到夜市擺攤賣ＣＤ、鑰匙圈、玩具手錶好嗎！」我說。

「真的嗎？」瑪莎說。

「常常半夜開著小貨車出門。」我說。

「編織貓果然是唬爛貓。」神將說。

「吳樂天的廣播劇聽太多。」我說。

「亂編的廖添丁故事。」神將說。

「你們不相信也沒辦法，店主真不是普通人。」編織貓咬著下嘴唇說。

「散了、散了。」神將說。

「散了、散了。」我說。

92

斷絕了香火

天氣冷颼颼，更不想出門，我鎮日趴在店裡暖呼呼的電熱器前打盹。

郭代書走進來，一屁股坐在門邊的藤椅上，阿丁伯站起來，把電熱器轉向郭代書的位置。

「你要的字給你寫好了。」郭代書遞過去一個牛皮紙袋。

「多謝啦，這種場面就是要郭代書的字才體面，顏體字大方又正經。」阿丁伯說。

「現在輓聯都用電子看板的，我這種沒用了，送去殯儀館都不收，也不會掛起來。」郭代書說。

「我這個親戚不要電子的，就是要這種手寫的才有誠意。」阿丁伯說。

「老人要自愛，不要給人嫌。」郭代書說。

「講起來真傷心。」阿丁伯說。

「我們兩個年輕的時候，在這一帶喊水會結凍，哪有給人這樣看衰小。」郭代書眼睛瞪得圓凸凸的。

「實在是，不展一下身手，以為我們好欺負。」阿丁伯說。

兩位老人的話讓我精神為之一振，他們真的曾經那麼驍勇嗎？

「叫里長把福康安改成嘉慶君，伊就是不肯。」郭代書說。

「別再說了，提到這件事，我的血壓就升起來。」阿丁伯說。

「早晚給他好看。」郭代書說。

「對，早晚給他好看。」阿丁伯說。

「明天要去做志工，打掃街道，聽清池說你不要去？」郭代書說。

「天氣不好，怕吹風。」阿丁伯說。

「是啦，去大橋那邊掃地、撿垃圾，確實會累。」郭代書說。

「你卡勇、卡好命啦，太太、媳婦會照顧。」阿丁伯一臉羨慕。

「沒有啦，媳婦不肯生小孩，講不聽。前幾天跑回娘家，不肯回來，說要搬出去住，氣死人。」郭代書說。

「這樣啊。」阿丁伯說。

「結婚三、四年，說不要生小孩，不生是要怎樣？我三個女兒一個兒子，將來神明廳是誰來拜？祖先風水誰要顧？」郭代書拿起茶杯喝了一口，臉色發紅，表情很激動。

「是啊，你家那個風水很大，幾十個在那裡。」阿丁伯說。

「找得到的都在那裡，快一百個。」郭代書說。

「接不下去很麻煩。」阿丁伯說。

「現在很多風水沒人管，龍柏樹被偷偷砍掉，連鐵門都摸走。以前找我寫墓聯、神明廳的很多，現在一個月沒有一件。」郭代書說。

「廟的還有。」阿丁伯說。

「很少，都用現成的，電腦打字的。那種字都是死字，一點生命也沒有，哪有敬意？懂這個規矩的太少了。」郭代書說。

「現在神主牌都放在納骨塔。」阿丁伯說。

「是啊，沒有人要拜了。」郭代書說。

「時代變這樣。」阿丁伯說。

「絕子絕孫，家庭破壞掉，道德倫理也破壞掉。」郭代書說。

「以前老人講話誰敢不聽，忤逆。」阿丁伯說。

「現在老人要看年輕人臉色。我們講的他們不聽，他們講的我們聽不懂。」郭代書說。

「你後生怎麼說？」阿丁伯說。

「要跟伊一起搬走啊，怎樣？就這樣！養兒子不如養貓、狗，不棄嫌，不會走，還會跟你撒嬌。」郭代書說。

「那也沒辦法。」阿丁伯說。

「你這隻貓真好看，得人疼。」郭代書在說我，我瞇起眼。

「たろう是土貓啦，丟在路上沒有人要撿。」阿丁伯說。

我真的那麼不值錢嗎……

「這樣的貓最實在，不像那什麼寵物貓，嬌滴滴的。現在的人看到貓、狗笑咪咪，看到爸媽像仇人。跟貓狗講一大堆話，跟爸媽沒半句。」郭代書說。

「嘿嘿嘿。」阿丁伯笑得很開懷。

旁邊的阿星嫂也跟著笑了。

「這個時代喔，不知道是誰搞成這樣的。」郭代書神情黯淡了下來。

93 動物永遠只有小時候可愛

瑪莎從濱江花店走出來，臉色很難看，厭世貓問牠怎麼了？

瑪莎說：「筆鋒文具行的老闆娘來花店和溫小姐聊天，每次內容差不多，一直重複。說順安中藥行頭家的孩子，男的做醫生，女的當律師，真羨慕，不知道給他們吃了什麼藥。鑫亮五金行的兒子在台積電做工程師，每年賺三、四百萬。只有自己的兩個孩子，一個工廠倒閉只好去大陸，一個玩期貨負債五百多萬，房子都拿去抵押。現在家人一見面就吵架，像仇人一樣。」

瑪莎吞了一下口水繼續說：「老闆娘最羡慕溫小姐結婚又離婚，談戀愛就好，生什麼小孩！早知道她兩個孩子這麼討債，小時候就掐死好了，小時候那麼可愛，長大那麼可惡。」

厭世貓說：「很有道理，別被剛出生的動物騙了，他們看起來無助、可憐、純真、可愛、笑容迷人……，那就是為了拉住你，要你照顧他們。長大以後就不一樣了，背叛、說謊、邪惡、不聽教訓、謀奪財產……。一部分是我們寵壞了他們，一部分是與生俱來的。」

94

淒厲的愛情

仙鄉水果行又來了一批裝水果的紙箱，許多貓都聚集過來。

「老闆娘的左手為什麼斷掉？」白毛綠眼貓問，牠爬進裝百香果的箱子。

「是啊，大家很想知道，好久了。」戀戀說。

「問不到，他們家凱莉不肯說，完全不說。」花花說，牠鑽的是哈密瓜箱子。

「凱莉雖然愛漂亮但是很謹慎，不會亂傳話，很少出門。」戀戀說。

「所以人緣不好。」花花說。

「那次老闆娘突然轉動那隻手，把半隻假手拆下來，真是恐怖。」我說。

「義肢，那個叫義肢。」白毛綠眼貓說。

「你之前沒有發現嗎？我很早就注意到，怪怪的，手掌不會合起來。」花花說。

「有次她拆下假手時，我嚇了一跳，趕快彈走，以為她要拿東西打我。」白毛綠眼貓說。

「老闆娘那時候在工廠上班。」編織貓不知打哪裡來，忽然出聲。

「你知道她發生了什麼事啊？」戀戀從櫻桃箱子鑽出來。

我深深地吸了一口氣，屏住呼吸，好一會才慢慢吐出來。

「當時有位女同事頭髮被機械夾到，拉不開，頭快要捲進去，老闆娘幫忙拉頭髮想要救她，可是拉不住，手反而被捲進去，卡住，機器才停下來。還好女同事的頭沒有捲進去。」編織貓說。

「天啊，真恐怖，比貓被人從樓上丟下來還恐怖。」花花說。

「那位女同事是水果行老闆的妹妹，所以老闆才娶她做太太。」編織貓說。

「確實，手斷掉的女人不好嫁。」白毛綠眼貓說。

「但貓就不會嫌棄。」戀戀說。

「狗也不會。」花花皺著眉頭從哈密瓜箱子跳出來，似乎味道太重了，聞久了不舒服。

「但怎麼聽說是出車禍？」我說。

「車禍是鑫亮五金行老闆前一個太太，腰斷掉，終身都要坐輪椅，住進了療養院。現在在一起的，以前是跳鋼管舞的。」編織貓說。

「這麼厲害。」花花說。

「這個女的和文星麵包店葉師傅是親戚，葉師傅和桂妃美容院老闆娘是姑侄關係，跟萬利自助餐也是當兵時同一梯的，萬利自助餐和顏里長是堂兄弟，顏里長的姐姐過繼給阿丁伯的哥哥，郭代書的爸爸和顏里長的爸爸是結拜兄弟。」編織貓說。

「福康街要牽起來，大部分是親戚。」我聽得都暈了。

「顏家和街上一半的人是親戚，地主嘛。」戀戀說。

「顏里長年輕的時候和郭代書的堂妹談戀愛，雙方家長反對，結果最後出大事。」編織貓提高聲調說。

「為什麼反對？出什麼大事？」白毛綠眼貓問。

「顏里長年輕時候也是走江湖，迌迌的。」編織貓說。

「難怪這麼粗壯。」戀戀說。

「顏里長和郭小姐去青草湖殉情自殺，顏里長活下來，郭小姐一屍兩命。」

編織貓用很玄奇的語氣說。

此話一出，所有鑽來鑽去的貓都停了下來。

「天啊！」戀戀用雙手遮住臉。

「天啊！」我也用雙手遮住臉。

「但顏里長和太太很恩愛啊。」白毛綠眼貓說。

「那時候是三角戀。」編織貓說。

「同時？」戀戀翻進了百香果箱和白毛綠眼貓擠在一起。

「天啊，太恐怖了，人命！」花花離開了哈密瓜箱子，在眾多紙箱間鑽來鑽去，聞來聞去。

「郭家小姐不甘願，半夜會抱著嬰兒在福康街上走。」編織貓說。

「啊，你看到了？」戀戀說。

「很多貓、狗都看到了。後來顏家賠了幾百萬，又請蕭王爺出面，法事做了七天七夜。」編織貓說。

「現在郭小姐晚上還會來嗎？」戀戀用著俏皮的口氣說。

「你真是唬爛，受不了。」我很想走開，但怕沒有禮貌。

「嘻嘻嘻。」編織貓笑了笑。

「講的跟真的一樣。」花花說。

「到底是不是真的？」戀戀看看我，眼睛眨啊眨的。

95 隱藏的殺機

我跟瑪莎來到廢棄大宅門口，要問趴在門口的和尚貓一些事。

「和尚，有些事要請教你。最近福康街接連發生很多事，不太安寧，大家推舉我來調查。」瑪莎說。

「大仁西藥房的老闆娘在三樓養了一隻公雞、兩隻母雞，原本要給媳婦坐月子進補的，結果公雞被拖出來吃掉了。」我說。

「花花半夜走在巷子被偷襲。巷子裡才剛新裝一支LED路燈，不太亮，看不清楚兇嫌。不過花花說是灰黑色夾雜白線條的，吼叫聲不像貓，很野蠻。」瑪莎說。

「這種毛色的，原本只有我和編織貓。」我說。

「最像的就是太郎、編織貓，其次就是你了。」瑪莎說。

「……」和尚貓沉默不語。

「你是石虎嗎？」我說。

「你的毛快掉光了，不過還是看得出來。」瑪莎說。

「……」和尚貓仍不說話。

「不承認嗎？有人在廢棄大宅裡看到好幾根雞毛。」瑪莎說。

「我現在也聞到雞的味道。」我說。

「兩位，我罪孽深重。」兩眼緊閉的和尚貓，終於開口了。

「什麼罪？」我說。

「我媽媽是石虎。俺前半生殺生太多，吃的老鼠、雞、蛇、青蛙、蜥蜴數不清，所以後半生都在懺悔。現在早已無能為力。」和尚貓垂著頭，邊說，眼角邊流下眼淚。

「怎麼了？別難過。」瑪莎說。

「石虎其實很可憐，快被人類殺光了，全台灣沒剩幾隻。」我說。

「隱藏身分很辛苦的，既然這樣了，俺只好說了。」和尚貓乾乾皺皺的眼皮下，繼續汨汨的流出淚水。

「是怕被歧視跟攻擊嗎？」我說。

「異族通婚很辛苦，身為牠們的孩子，我從小就被指指點點。」和尚貓說。

「其實混血貓很多，敢說誰是純種、誰是雜種？最純的都是配出來的。」我說。

「石虎不肯向人類投降，很了不起。」瑪莎說。

「以前我怕被人發現，還去磨牆壁，想把身上的毛磨掉，因此血肉模糊。」

和尚貓淚眼矇矓的說。

「這麼慘，真糟糕，我們根本就是人類的奴僕，只是不願承認。」我說。

「許多貓故意忽略這個事實，其實我們根本就是寄生蟲。有些貓不是我說，還以為自己是人類的主人。」瑪莎說。

「貓以前還有點尊嚴，會抓老鼠，不是白吃白喝。」我說。

「現在只能賣萌裝呆，討主人喜歡。我恨這樣的自己。」瑪莎說。

我看瑪莎滿臉怨恨，很驚訝牠竟會這樣說。

「石虎永不投降！」瑪莎用雄壯的聲音說。

「我們真的很尊敬你。」我補上一句。

「沒有用，我是懦弱的石虎，很可恥，真心懺悔。」和尚貓說。

「快別這樣說，活著就是有很多不得已。」瑪莎說。

「看來，這個，這個，兇手另有他者，好像。」我有點結巴的說。

「要趕快找出來，否則大家不安心，這是鏘鏘和我的責任。」瑪莎說。

「勞煩你們了。」和尚貓點著頭說，眼淚滴得身前濕了一大片。

我們轉身離開，慢慢走在人行道上。

「你今天竟然都沒有呼嚕呼嚕。」瑪莎說。

「是耶，我自己都沒有發現。彷彿連腫瘤都消失了。」我很驚訝的說。

「腫瘤？」瑪莎一臉疑惑。

「沒有啦，亂講的，誰長腫瘤？」我偏過頭說。

「你看起來精神不錯，就是要有事情做，忙碌才會健康。」瑪莎說。

「兇手有可能是編織貓嗎？」我說。

「你覺得呢？」瑪莎說。

「有可能，要怎麼問才好？」我說。

「還有可能是和尚貓嗎？」瑪莎停下腳步，眼光亮亮的看著我。

「喔！你真的是人才。」我說。

96

最豐富的味道

大太陽底下，一輛鎮公所的垃圾車開過來，停在野靈魂咖啡館前面。整輛車發出濃重刺鼻、無法形容的氣味。

車門打開，司機走下來，是陌生的臉孔。他走進野靈魂。

「真臭。」

「比一百隻狗還臭。」

「都是這條街的貢獻。」

「自助餐、雜貨店、花店的垃圾最臭。」

「還有麵包店，我聞到奶油變質的味道。」

附近的貓紛紛撇過頭抱怨。幾隻狗圍過來對著垃圾車聞聞嗅嗅，猛搖尾巴。

還有一些人掩著鼻子很快地經過。

路過的興立電子廠潘主任，停下腳步，雙手抱胸，站在那裡，臉色難看。

「水果攤的榴槤。」

「廢棄大宅裡爛掉的貓屍。」

「水溝裡的死老鼠。」

「這就是這條街的味道，平時大家視而不見的，終有一天會暴露出來。」厭世貓說。

垃圾車司機從咖啡館拿了杯咖啡走出來，這位戴著銀白色圓框眼鏡，中分頭，模樣有點像盧廣仲的司機，吊兒郎當的站在咖啡館前，另一隻手插在牛仔褲褲袋，眼光掃射著眼前的人和貓、狗。

「這味道比上次東興大樓抽水肥時可怕多了。」

「水肥車至少還噴得香香的。」

「呼嚕呼嚕，但那種香真讓貓受不了。」

「這世界很少真的東西，表面看到的都是假的，髒的臭的都被想盡辦法遮起來了，大家受不了真相。」厭世貓又說。

97

表面的繁華

二十巷的空地長了兩棵高大的芭樂樹，樹幹有貓的腰身那麼粗，枝葉濃密，遮蔽的範圍有二十幾公尺。

春夏時樹上開滿白色小花，花掉光後，開始結大大小小的果實，掛滿枝頭。然而，從青到黃，從熟透到掉落，幾乎沒有人採摘，甚至連鳥雀都不來啄食。因為吃過的都知道，這兩棵樹的芭樂味道苦澀，裡頭還鑽滿蟲子。只偶爾會有幾隻不明就裡的貓與鳥經過，咬食幾口。

也因此，每年熟爛的果實，在地上發黑、腐爛，堆積了厚厚一層。

「這麼茂盛的樹，這麼結實的果子，明明這麼漂亮。真不明白。」我說。

「只是表面的美麗，虛假的繁華啊。」白毛綠眼貓說。

「當開了滿樹的小白花，蜜蜂、蝴蝶紛紛飛來，那是最美好的時光。像櫻花、桃花也是開花的時候最美，平常就是黑黑醜醜的樹。」戀戀說。

「而且那裡平時陰陰的，地上黏黏的，真討厭。」豔豔說。

「這兩棵樹就像福康街的貓、狗，沒有未來，沒有希望。」厭世貓說。

「以前有人採這兩棵的芭樂，去祭拜蕭王爺。王爺生氣，開口下了詛咒，從此不能繁殖，也不能吃。如果要救這兩棵樹，就要請蕭王爺再開金口，否則即使噴農藥、殺蟲劑也沒有用……」編織貓說。

「芭樂不能拿來拜神明！」

「被詛咒了。」

「被詛咒了。」

98

星光燦爛

我在福康便利商店前面和賓士貓聊天，談的是像我們這樣的貓，可以也應該為福康街做什麼貢獻。

街上幾個穿著寫有「星輝殘障協會」暗紅色背心的人，胸前吊著募款的小箱子，向經過的人們募捐。

背心上還有兩行白色的小字：「星光點點，愛心傳遠。」「愛在這裡，光輝永遠。」

他們其中有兩位的長相奇特，眼睛細小，頭扁扁，舌頭不時伸出來。

文星麵包店的雪芳牽著弟弟小跳，要去捐錢，小跳遲疑，不肯往前走。

「做愛心，快點！」雪芳叫喚他。

「不要！不要！」小跳看著那兩個長相奇特的人往後退，不停搖頭。

「哥哥耶，那是哥哥耶。」雪芳嬌嗔著說。

「這世界只要活著的，沒有所謂不正常，只有不努力。於是我們，身上插著箭也要飛行，喉嚨受了傷也要唱歌，折斷了腳，也要奮力向前走。」賓士貓用雄渾而優雅的聲音說，如朗誦詩一般。

「正常？不正常？」我說。

「只要存在的，就是正常，哪有什麼不正常。」賓士貓說。

聽到牠這麼說，我只能讚嘆。

99
貓的跟蹤

很多貓聚集在蕭王爺宮，繞著人們打轉。過兩天有場祭典，廟裡的人忙進忙出，很多人送來各色食物、牲禮，廚房內幾位媽媽一直在煮食，空氣中充滿魚腥和肉香。

不耐煩的主委魚頭仔和管理員清池，不時揮手，對著我們叫嚷：「走！走！死貓仔。」

即使不時被驅趕，轉一圈、避一下，我們還是有自己的步調，不受影響。

「我討厭的貓，生活得幸福又快樂，真受不了。」厭世貓的口氣很怨恨。

「咦，你討厭的貓太多了。」龍眼說。

「我詛咒牠生病、車禍、長瘤、被殺，結果一樣都沒發生。」厭世貓的口氣很怨恨。

「當一隻貓運勢正旺，那氣場擋都擋不住，怎麼攻擊牠都沒有用，要等到牠氣勢轉弱，倒楣的時候才打得倒牠。」我說。

「不過被詛咒真的很可怕，不知道有沒有貓詛咒我。」龍眼說。

「如果心悶、惶惶不安、做什麼都不對勁，以及跌倒、擦傷、撞到東西等等，就可能是。」我說。

「要怎麼下詛咒？」龍眼說。

「來蕭王爺宮啊，報上你討厭的貓、狗或人的名字，唸對方的住址，如果有生辰八字最好。要說明對方做了什麼對不起你的事，怨恨有多深，然後希望對方遭到什麼報應。」我說。

「但如果沒有拿香拜，沒有捐獻，沒有供品，王爺不理你。」龍眼說。

「我有抓幾隻老鼠、蛇還有壁虎放在供桌上。但沒有用，王爺沒有聽，那些討厭的傢伙還活得好好的。」厭世貓說。

「如果真的討厭對方，就跟蹤牠。」我有點咬牙切齒。

「什麼？」龍眼說。

「每天跟蹤牠，牠走到哪裡，就跟到哪裡，在牠身後一直盯著。牠罵，你就走；牠追，你就跑。直到牠崩潰。」我一邊點頭一邊說。

「感覺很恐怖。」龍眼瞪大眼睛。

「原來太郎這麼可怕。」厭世貓說。

←蕭王爺廟

「你這樣做過嗎？」龍眼兩顆圓圓的眼睛瞪得更大。

「我被跟過。」我說。

「真夠狠的。」龍眼說。

「希望討厭的傢伙趕快得到報應，要眼睜睜的看到，愈快愈好。」我說。

「大家都這麼期望。」厭世貓說。

100

不知道在臭屁什麼

厭世貓說：「所有活著的人類跟貓一樣都是可憐蟲，但他們又覺得自己很偉大。」

「我從來沒有覺得自己偉大。」我說。

「有哪個人的腳不臭，誰身上沒有尿騷味，哪幾個嘴巴、腋下沒有那個怪味，這些跟在腳邊、抱在懷裡的貓最知道。」厭世貓說。
「貓只能在貓的世界跟貓比，狗只能在狗的世界跟狗比，人只能在人的世界跟人比，跨了界就不能比。所以有什麼好了不起的？」厭世貓說。
「這樣說，還真令人難堪。」我說。

101
只跟身邊的人糾纏

厭世貓左邊小眼睛閉了起來，右眼睜得很大、很亮，牠說：「我們這一生要對付的，其實就是福康街上的人類以及身邊的貓、狗而已。」
「是啊，有關連的就是身邊那幾個。說『對付』太強烈了。」我說。
「我們這一生就是跟周遭的有恩怨情仇。」厭世貓說。
「這麼說也太戲劇化了。」我說。

「我們要愛身邊的人，無論如何。」厭世貓說。

「這樣說又太虛假了。」我說。

「一起幸福的生活。」厭世貓說。

「這樣說又感覺很無聊。」我說。

「真不知道怎麼形容我的感覺，說出我的本意真心。」厭世貓說。

「你真討厭。」我說。

「我討厭這個世界，也討厭自己。」厭世貓說。

「你是天秤座的嗎？」我說。

「這個世界是斜的。」厭世貓眨著一大一小的眼珠說。

「哪一個斜？歪斜的斜？邪惡的邪？」我挺起胸，坐直了說。

102

我的家、我的家

萌朵水果飲茶店快到中午才開門營業，在這之前，許多車子會來暫停。當大車、小車搞不清楚狀況陸續開過來，一位壯壯的婦人便會從屋裡走出來，面色難看，揮動右手，大聲說：「袂當停，袂當停！」有時，貓、狗走過，甚至鳥雀停駐下來，她也會趕。

「袂當停，袂當停！」

大同電器行和保力養生食品行門前，放著幾盆枯萎憔悴、氣息奄奄的花草，也是不給人家停車用的。被檢舉後，警察來關切一下，但盆栽收回一陣子後，又再擺出來，只是稍微放得裡面一點。

東興大樓四、五樓的住戶，為停車問題打過架，刮過車，噴過漆。平時大樓即有許多問題，例如：順手牽羊、亂丟垃圾、飆車噪音，放任貓、狗隨地大小便等，直到裝設監視器後，狀況才好了很多。

還有些店家曾經在門口畫上黃線、紅線，甚至寫了「禁」字，不讓別人停靠。被顏里長勸導後，才把顏色弄淡，但也只是弄淡而已。

福康街上的人類，和貓、狗差不多，都很顧自己的家。

103

夜氣

「你知道什麼是夜氣嗎？」賓士貓說。

「夜氣？不知道。」我說。

「天剛亮時候，那種乾淨、清新的味道。」賓士貓的表情莊嚴、純正。

「好像有聞到過。」我說。

「現在的人不知道，大家都很晚才起床，聞到的全是濁氣，骯髒氣。」賓士貓說。

「所以……」我說。

「所以每天一開始就是汙濁的人。」賓士貓說。

「貓、狗就很早起，會鬧主人。」我說。

「是的，我們不能妥協，要督促人類，讓他們早點起床。」賓士貓說。

「成為乾淨的人類。」我說。

「成為乾淨的貓。」牠說。

104

火熱的談判

胖胖的潘太太從樓上走下來，停了一下，用厚厚的手拍拍胸口，然後推開濱江花店的門，走進去。

不一會，裡頭兩個客人走出來，其中一位年輕女子還回頭看了潘太太幾眼。潘太太拉了張椅子坐下來，溫小姐則站在櫃台邊，整理桌上的花材，兩個人沒有面對面，但看得出來在對話。

忽然，潘主任也急急走下樓，匆匆地推開門進去。他直接走到潘太太面前，一隻手插著腰，另一手指著她，嘴巴動個不停。

溫小姐收拾好櫃台，走向電源總開關。潘主任轉向溫小姐，兩隻手臂不斷揮舞，像在解釋什麼。溫小姐把靠近門口的一排燈和招牌燈關掉，走向大門，將門鎖上。潘主任一路跟在她身後，說著什麼。

溫小姐回到櫃台，甩甩長頭髮，雙臂交叉在胸前，臉上好像帶著微笑。沒有看到瑪莎，牠可能躲在某個角落，跟我們一樣盯著室內三個人。

潘主任還在揮舞雙臂，有時又用力拍打著手掌，模樣很是激動。椅子上的潘太太似乎沒有什麼反應，還不時伸手掩住嘴，打打呵欠。

潘主任用食指點了點潘太太，再指指門口，看來是要她出去吧。但潘太太歪過頭，側轉身，還是沒有回應。

潘主任急躁的來來回回走動。

溫小姐不時聳聳肩，雙手攤了攤。

濕氣沉降下來，今天晚上有點冷。花台濕潤一片，我們身上的毛也開始凝結出小小水珠。

「明天問問瑪莎是什麼狀況。」白毛綠眼貓說。

「有點無聊。」不知道是不是受到潘太太的影響，我也打了一個呵欠。

白毛綠眼貓目不轉睛的看著濱江花店，我則慢慢起身，離開逍遙之台。

半夜兩、三點吧，街道上傳來尖銳的消防車警笛聲，還夾雜著喊叫聲、奔跑雜沓聲、小孩哭鬧聲，空氣瀰漫著燒焦味。我翻個身繼續睡，不想起來。是濱江花店出事了嗎？應該不嚴重吧？稍早我聽到幾輛摩托車呼嘯而過，引擎聲、剎車聲此起彼落。難道是潘主任的兒子惹出大麻煩了嗎？

不急，有什麼事，明天就知道了，若不知道，隔一陣子就會知道，明天也許會有更刺激的事出現，也許就都沒消沒息了。反正街道就像戲院，一定會有戲上演，主角換來換去，只是精不精采，好不好看而已。

105

群聚是為了什麼

「一群貓聚在一起，和一群人聚在一起一樣，一定有什麼事，而且通常不是好事。」厭世貓說。

「你想太多。」我說。

「這世界是假的。」厭世貓說。

「又來了。」我說。

「我為什麼長成這個樣子？你又為什麼長成那個樣子？黃的、白的、黑的、花的，顏色那麼多，有人健康、有人毛病那麼多。」厭世貓忿忿的說。

「我們是經過挑選，才能來到這世界，很珍貴的。」我說。

「鬼話！是人類挑選的。」厭世貓還在氣。

「人類是上帝挑選的。」我說。

「鬼話！鬼也是上帝挑選的。」厭世貓不服氣。

「魔鬼不是和上帝一樣偉大嗎？兩個勢均力敵，否則為什麼祂一直罵祂，祂也一直罵祂。」我說。

「好像是喔。」厭世貓聲音小了下來。

106

你需要好好治療

又來到鎮上的天良獸醫診所回診。

「這個腫瘤要再觀察。」醫生說。

「這樣啊……」阿丁伯有氣無力的說。

我的心跳慢了下來，感覺在黑暗的地獄裡看到一束光芒灑了下來。腫瘤沒有長大，沒有持續惡化。

「要吃藥兩個月，再回來複診，照X光。」醫生說。

「要吃那麼久的藥啊？」阿丁伯說。

「這個腫瘤要消除，吃這個藥效果最好。我再送你一個禮拜的維他命，維他命是維護健康的。」醫生說。

「牠不肯吃藥。」阿丁伯說。

「所以我另外推薦你這種魚油，德國的，來來來。」醫生拿起一張製作得很精美的廣告單，上面有很多貓貓狗狗的圖像，那些表情假假的、修圖修得不成個正常樣子的傢伙，圍著魚油罐子，露出很想吃的模樣。醫生拿筆在上面圈了一罐，然後遞給阿丁伯。

「市面上的魚油很多，效果都不好，要指名這種，上面有手機號碼，直接找陳先生，有折扣。」醫生說。

「買一罐送一罐，有這麼好的事喔。」阿丁伯說。

「這個對貓的腫瘤最有療效，現在是優惠期，過了就恢復原價。」醫生說。

「一萬二！」阿丁伯驚呼一聲。

「把藥和魚油摻在一起，再加一點維他命，拌在飼料裡，貓都會喜歡。」醫生說。

「這樣啊。」阿丁伯看了看我。「我自己都快死掉了。」

「不會啦，你的糖尿病控制得很好啊。」醫生說。

「什麼都不能吃，很艱苦。」阿丁伯說。

「就生病了，還是要聽醫生的話。」醫生說。

「壞事不能做，下面乾掉了。」阿丁伯突然這麼說。

「哈哈哈。」醫生有點尷尬。

「醫生你少年人，不了解。」阿丁伯說。

「這樣好了，先開一個月的藥就好，吃吃看。」醫生換了個說法。

「那魚油呢？」阿丁伯問。

「那款魚油是最新產品，因為熱銷，所以店裡沒有擺，要趕快去買。」醫生說得很認真。

「謝謝醫生喔。」阿丁伯說。

「不會、不會，貓寶貝最重要對吧，牠健康我們也健康，看牠生病我們心情也不好。現在很多人為寵物治病，花了一、兩百萬。」醫生語氣很權威。

阿丁伯又看了看我，輕輕的點點頭。

「寵物好，人就好，花那些錢也是為了自己啦！」醫生下了個結論。

107

最高領袖

已經是嚴寒的冬天了，清晨冷風颼颼，吸到嘴裡、喉嚨裡的空氣，又冰又刺。我緩緩走到57號義錦米店飼料行，用頭頂開大門下方的貓門，屋裡只有一位老太太，她正在廚房準備早上的餐食。我輕聲走到二樓，暹羅貓大飛正坐在窗邊往外看，身後細長的尾巴不時搖擺著。

「站在那裡的是鏘鏘嗎？」大飛問。

我抬起頭，朝牠說的位置看去，那兒是福康街最高的東興大樓，大樓屋頂上一座水泥造水塔。

水塔頂端不知從何時起，就是福康街貓群的王者之位。街上真正的強者，公認最厲害的角色，就要去占據那塊地方。水塔頂端不是一般貓該去的地方，賓士貓曾經帶我上去過，在那上面，我頭暈，害怕，站都站不住。

蓋了二十幾年的東興大樓，從這個角度看過去，水塔有不少地方顏色斑駁，露出來的暗褐色鋼筋，鏽蝕得很嚴重，好幾個地方還散布著鮮綠色苔蘚。

陰沉沉的天空開始飄雨，細細密密，風也變大了。

鏘鏘一臉肅穆的坐在水塔上，藍黑色毛髮被淋濕了，牠微微低頭俯視著福康街，看起來有點悲壯，也有點淒涼，果然是史詩級的畫面。

「長久以來的鬥爭，終於有了結局。」我說。

「鏘鏘體型較大，還是占便宜了。」大飛似乎有點惋惜的說。

「牠臉上有幾道傷口，左後腳還有點跛。」我說。

「牠這樣邊走邊抖，傷口一定發炎化膿了。」大飛說。

「主人沒管牠嗎？」我說。

「聽說帶去醫院，縫了又裂，裂了又縫。」大飛說。

「不過牠總算是站上那個位置了。」我說。

「撐不了多久的。」大飛說。

「是啊，瑪莎和神將那兩隻不會放棄。」我說。

「前幾天晚上那幾隻傢伙幹嘛打得這麼兇？」大飛說。

「就是鏘鏘派的三色貓、花花那幾隻，和神將、瑪莎派的那幾隻在鬧；不就是搶到肉的和沒搶到的。」我說。

「聽說鬧了兩、三個小時，從街頭打到街尾。」大飛說。

「街上好幾個人出來趕，一度還加入幾條狗。」我說。

鏘鏘抬起下巴，臉朝天空，看著密布的烏雲。這時風又更大，雨絲也加粗了，但牠動也不動。

有好幾隻貓也坐在自家二、三、四樓的窗口，注視著牠。

「幾乎所有福康街上的貓都被牠舔過毛，可以接近的人也都被牠磨蹭過，神將就沒有這麼積極。」大飛說。

「真的有野心。」我說。

「神將跟瑪莎呢？」大飛說。

「不知躲在哪裡療傷，已經沒出現了。那個位置有那麼重要嗎？」我說。

鏘鏘搖搖頭，甩甩臉上的雨水，還沒有要離開的意思。

「牠真是一隻堅強的貓。你，是支持鏘鏘還是神將？」我問。

「誰給我肉我就支持誰，我支持打贏的。那你呢？」大飛說。

「呼嚕呼嚕，我又老又病，看看就好。」我低下頭。

「人家說你是陰險太郎，果然是。」大飛瞄了我一眼說。

「陰險的呼嚕呼嚕太郎。」我淡淡笑了。

108 嘉慶君確實來過

傳說中福康安坐過的那兩座石椅，以及鎮公所蓋的亭子、告示牌遭到破壞。石椅被用紅色油漆寫上「錯誤」兩個字，加上一個驚嘆號，字跡很蒼勁有力。告示牌則被加上「嘉慶君」三個黑字。

顏里長等人調出監視器畫面。當天半夜兩點到三點那段時間，確實拍到了兩個人，看他們身形和動作，是有點年紀的。這兩位老人花了十幾分鐘一起做了這件事。

兩天後，為了告知大家拍到影像，以儆效尤，鎮公所公告欄上貼了一張身影模糊的照片，看不太出來是誰。照片裡有一隻白貓、一隻拉不拉多，還有一隻臘腸狗。貓、狗的影像倒是很清楚，認識的人輕易就能叫出牠們的名字。但到底是誰幹的，只有傳說，沒有下文。

109

四季變裝的樹

人行道上的一列樹木，一年四季都在變裝。

春天青蔥嫩綠，滿是新生的興奮和喜悅。夏天濃密深綠，茁壯而成熟，像個精壯結實的男人，也像妖嬌豐滿的女人。秋冬來臨，整棵樹開滿一蕊蕊的小花，黃豔豔的，然後逐漸變紅、變褐，原來被包裹著的綠色果實也轉成黑褐色，像一盞盞燈籠。接著陣陣東北風吹襲，花葉與果實紛紛離枝，凋落下來，散滿一地。

度過難以忍受的寒冬，彷彿已經死滅的黯然，綠芽又將從樹枝上鑽出來，細細密密，重新展現滿滿的生機。

人行道上的那一列樹木，一年四季都在變裝。

110

你得選擇

「不是上街就是下街，不是左街就是右街，真累。」厭世貓說。

「不能中間。」我說。

「只能當好人或壞人。」厭世貓說。

「不想站哪邊，人家自動會幫你歸哪邊。」我說。

「哪邊的人都不要我。」厭世貓說。

「你真是夠討厭。」我說。

「嘿嘿嘿。」厭世貓笑了。

「像我就是討厭狗，怎麼樣都改不了，無法折衷。」我說。

「被狗追，有時候很好玩。活著總要找點樂趣。」厭世貓說。

「那去加入他們吧，管他上下左右，前前後後。這樣日子就不會無聊，每天都有事做，有是非可說，有氣可以生。」我說。

「是啊，老到沒人理，才可憐。」厭世貓說。

我假裝沒聽到這句話。

「牙齒掉，耳朵聾，高血壓，糖尿病，然後失智，然後……」厭世貓說。

「唉！」我抬頭看著藍色的天空，不輕不重的嘆了口氣。

111

重新再來

這幾日寒流來襲，天氣陰冷，飄著細雨，雜貨店內很潮濕。新聞報導說，氣溫會低到十度以下。

「膝蓋痛，牙齒痛，老啊，連心臟都不太肯跳。」阿丁伯說。

「藥要吃啦，你都不肯吃。」阿星嫂說。

「我小時候常聽八十幾歲的阿嬤說：『這個身體不好用，我要轉去啊。』」阿丁伯說。

「轉去哪裡？你還很好啦，不要一直這樣說。」阿星嫂說。

「要重新來過。」阿丁伯看著坐在地上的我。

「重來不會比較好啦。天氣好，你就好了。雄哥下禮拜要帶孫子來看你。」阿星嫂說。

「又是冬天。春、夏、秋、冬，一年又過去，好累啊，好累啊。」阿丁伯聲音愈來愈微弱。

「你很好啦，不要一直這樣說。」阿星嫂說。

「太郎來過好幾遍了。」阿丁伯說。

「去、去、去！」阿星嫂瞪著趴坐在藤椅墊子上的我，然後揮手踢腳。

「這是怎麼了？」我嘟囔著，雖然不情願，還是慢慢起身，跳下墊子，走開。

112
生生

「我們只是這樣活著，只是人類的玩物，被浪費的生命。」厭世貓說。

「不然呢？反正你不喜歡這、不參加那的。」我說。

「只能繼續浪費生命。」厭世貓說。

「去嗎？」我說。

「去哪裡？」厭世貓比較小的左眼又閉上了，右眼睜得老大。

「廢棄大宅啊，看那隻剛生產的母貓。我已經去看了兩次。還互相舔了毛。」我說。

「又是沒有用的、浪費的生命。這真是一場災難。」厭世貓用沒有穿白襪子的右前腳，跺了跺地面。

「每天都有貓去看牠。輪流守衛，怕狗和人類過來，尤其是顏里長。」我說。

厭世貓面無表情地站起來，跟在我身後。

我們走到陰暗的廢棄大宅，在門口和和尚貓打了招呼，鑽過柵欄，來到一堆破爛的磚瓦上，毛色黃白相間的母貓躺在那兒。空氣裡漂浮著發霉、腐爛的氣味。

脖子上紮了個紅色蝴蝶結的豔豔也在，牠上班時間溜出來的，鼻頭的ㄣ字刺青好像淡了些。編織貓站在不遠處，神情委靡，尾巴不時扭動。白毛綠眼貓在附近走來走去。

母貓躺在一團破布上，一群剛出生不久的貓兒圍在牠肚腹間，還沒睜開眼睛，不停「咩咩咩咩」的叫著。血腥味和排遺，還沒有處理。母貓已乾癟下去的肚子不斷起伏。牠看到我們，勉強抬起頭，然後又低下。

「牠真是了不起。」我說。

「嗯。」厭世貓抿了抿嘴。

「我想朗誦一首詩，讚美這偉大的母親，太勇敢了。」豔豔說。

這時厭世貓的眼裡竟然湧出淚水：「我沒有看過生孩子。」

「呼嚕呼嚕，現在很多貓都沒看過。」我也想要掉眼淚。

「這隻母貓有病，希望趕快好起來。牠不肯動手術，是從醫院裡逃出來的。」黯黯說。

「真的啊？」我說。

「牠曾經被追打，甚至下毒。」黯黯拉了拉脖子上的蝴蝶結。

這時黑暗中出現一道身影，是健身貓。牠嘴裡咬著一塊起司，走過來把起司放在母貓嘴邊。母貓微微睜開眼，看了一下，歪著頭吃了起來。

「你們也在啊。」健身貓說。

「你也來。」黯黯說。

「我跟牠說生完要帶牠去瘦身，好恢復身材。」健身貓說。

「有點難產，小貓死了兩隻。」黯黯說。

「真的不容易。」厭世貓說。

「我們先走了，如果有找到吃的，會送過來。」我說。

「你先走吧，我想多待一會。」厭世貓說。

「別一直看那些小貓，你會著迷的，呼嚕呼嚕。」我忍住了眼淚。

「不會、不會。」厭世貓擤著鼻涕，用前臂揉揉細小的那隻眼睛說。

「喂，出去不要亂說。」我對編織貓說。

「……」一直愣在那裡的編織貓沒有回話。

113

溫暖的街道

我走出黑暗，在廢棄大宅門口向和尚貓點點頭。

氣溫寒凍，福康街上的天空停滯著灰雲，然而溫煦的陽光，偶爾會穿透雲層的稀薄處，灑向街道，讓四處染上一片橙金色的光輝。

走在路上，遇見的人、貓、狗看起來都一副幸福模樣，我好久沒有這種愉快的感覺了，連神色慌張，緊皺眉頭，匆匆走過的潘主任，都覺得他很可愛。在這美好的一刻，我不禁深深的吸了一口氣，幾乎忘了身上還有腫瘤這件事了。

YLM 38

憂鬱的貓太郎

作　者　王幼華

主　編　蔡昀臻
封面設計、繪圖　Bianco Tsai
美術編輯　丘銳致
行銷企劃　叢昌瑜
總編輯　黃靜宜

發行人　王榮文
出版發行　遠流出版事業股份有限公司
地　址　104005 台北市中山北路一段11號13樓
電　話　（02）2571-0297
傳　真　（02）2571-0197
郵政劃撥　0189456-1
著作權顧問　蕭雄淋律師
輸出印刷　中原造像股份有限公司
2022年2月1日　初版一刷
定價330元

ISBN 978-957-32-9394-1
遠流博識網 http://www.ylib.com　E-mail: ylib@ylib.com

國家圖書館出版品預行編目 (CIP) 資料

憂鬱的貓太郎 / 王幼華著 . -- 初版 . -- 臺北市 :
遠流出版事業股份有限公司 , 2022.02
面；　公分 . --（綠蠹魚 ; YLM38)
ISBN 978-957-32-9394-1(平裝)

863.57　　110020836

本作品由財團法人
國家文化藝術基金會創作補助